取出疯石

周婉京 著

上海文艺出版社
Shanghai Literature & Art Publishing House

序言

小说下一季

西川

　　周婉京令我感到意外。她生在北京的部队大院，但16岁就到了香港，后入香港城市大学创意媒体学院学习电影，之后入香港中文大学学习视觉艺术，但她的博士学位却是在北京大学哲学系拿到的，其博士论文讨论的是康德的"天才观"，这得是有多深的思想功夫才能胜任的活呀。大学哲学系里一般女学生不多。周婉京后来又去了美国的布朗大学，还是做哲学研究，2020年新冠疫情时期她才回到国内。她能说英语、德语、法语等，也学过拉丁文。她虽然从小受到英语文化、美国分析哲学的熏陶，但又关心当代法国哲学：她可以跟你聊福柯的监狱、词与物和性史。高智力无疑。

像她这样的年轻人从国外回到国内，如果不能适应国内的文化、社会、政治气氛和环境，那或许会遇上些麻烦。老辈海归们的情况是，由于历史和政治原因，他们读书回来以后基本上再无机会出国。所以国外生活就成为他们一生的记忆和骄傲，决定了他们对现实的不适感（就一般情况而言），这不适感有可能发展为对文化、风俗、社会生活的批判态度。但现在情况又有所不同，国际旅行和国际信息交流比40年前、80年前容易得多。生活在城市中的周婉京这一代年轻人显然不同于老辈海归知识分子。

她回到北京后进入了一所美术学院教书。2020年11月她在《Hi艺术》杂志上发表了她的《"好上加好"的艺术圈，为何成为平庸的制造机》一文，立刻引起了艺术圈的关注。我本来以为她是，或她想，成为一位艺术批评家，但她着着实实又给了我一个意外：当她把她的小说发到我邮箱里，我才发现她是一位我必须严肃对待的作家。后来我又获知，在这本短篇小说集《取出疯石》（书名出自15—16世纪尼德兰画家、超现实主义绘画的先驱耶罗尼穆斯·博斯的同名画作）之前，她在2019年已经出版过长篇小说《隐君者女》。书名挺怪。可能与英国18—19世纪的文体大师托马斯·德·昆西的《瘾君子自白》有些关联。她现在正写着另一部长篇小说。

从周婉京身上，我真切感到了一代新人的到来。长期以来中国的主流文学意识形态是：用现实主义手法写小人物；人物要写得活灵活现；人物一般生长在乡村，但有可能正在走向城市；但即使城市里的小人物，也会表现出农业社会城市生活的特征。我这一辈的作家们虽然阅读外国文学作品，但不少人的最高文学梦想是写出《红楼梦》那样的作品，即：若是长篇，人物就得多，时间跨度就得大——这是本事。作家们一般会从类自传性的青春成长作品写到类家族史作品——抱歉我可能说得不准确，因为我毕竟不是小说界中人。但我确实感到周婉京这一代人已经拥有了不同的文化视野、思维方式、价值取向、艺术和生活趣味。他们在乎和不在乎的东西、他们的冲劲和抱负与我这一代人明显不同。

周婉京是文学新人类，但她又不同于我所了解的其他文学新人类。我读过一些国内45岁以下年轻作家们的作品，得到的印象是：所谓的纯文学作家们，其写作一般日益精致化，品位化，能玩点结构花样，但气象、格局略小，通常所叙人物就是身边的几个人，这几个人似乎与命运之类的东西搭不上关系。而另外一些年轻作家则进入了类型小说的写作，他们写历史、侦探、玄幻、科幻类作品。我发现特逗的是：当纯文学作家们放弃了，或者羞于表达他们的大关怀时，科幻小说的作者们承担起了探讨人类、地球、宇宙、毁灭、拯救等大问题的责任。但这里面更逗的地方是：许多年轻的科幻小说作者们的语言其实是狄更斯、巴尔扎克式的,而他们的文学梦想倒不是19世纪的——太逗了——它们纷纷指向电影,仿佛科幻写作的最终归宿唯有好莱坞大片。但周婉京是个例外。

接到她的《取出疯石》书稿之前,我特别怕再读到一个博尔赫斯第五或者卡尔维诺第六。这是当下一部分具有城市生活背景、受过良好教育的小说作者们的时髦写法。周婉京没有走这条道。尽管她和不少她这一代的作家一样,其文学滋养来自欧洲、美国和拉美,但她喜欢的是纳博科夫、卡佛和波拉尼奥。这意味着她不是从卡夫卡到卡尔维诺这一线的寓言类作家。我曾问她是否认可用"现实主义"这个词来定义她的写作,她回答说她只是关注立体的生活,她要求笔下人物有厚度,有温度。她抵触宏大叙事(这可能是历史逻辑演化出的结果)。周婉京没有走类自传书写的道路,很好,她通过别人的故事讲出丰富的生活感受。我挺好奇她的故事都来自哪里。本书收入的《出埃及记》这个短篇居然有点福克纳《我弥留之际》的味道：一场劫持变成了家长里短。周婉京非常注重细节描写，仿佛做写实绘画，有时写实到超级写实，但她的写实，经常借助莫名其妙，向着超现实滑去，超出读者的预期。

举例来说，与其说《字幕》这篇小说所写的是城市生活，不如说是城市生活的延伸。周婉京写到生活在不同地方的几个没见过面的年轻人。他们因为一起翻译美国影片并要敲出字幕而在网络上相遇。这是一种让我感到陌生的生活方式。在这种生活中，人的模样、性别、职业是掩去的，但又是联系在一起的。网名"约翰内斯堡"的主人公可以化身为小A和小B与另一个人产生交集。这篇小说的故事只发生在网络空间，人物使用虚拟身份，按说有点科幻的味道，但它不是科幻小说，它呈现的是网络现实，或者说是网络现实与网络超现实的混合。

《取出疯石》这本书中有两篇小说涉及造假。《SILENCE》所叙以制造假画为背景，《星星》所叙以伪造诗人手稿为线索。造假牟利固然是当代中国社会里司空见惯的事,周婉京将国人造假铺陈在美国的社会背景中似乎赋予了该行为以更多的现实意义:造假的悖论是,这是真实的生活。不过周婉京所写的,既不是典型中国人的生活,也不是典型美国人的生活,而是边缘生活:是中国人生活的边缘(在美国)和美国人生活的边缘(在美国的中国人),是多重边缘交叠处的生活,但她又没有进行符号化处理。她的写作既非以美国为中心,亦非以中国为中心。这是中国人的跨大洋、跨文化书写,但终归是关于人的书写。《SILENCE》的主人公是怀了孕去美国生孩子的,另外《危机》这篇小说写的也是赴美生子的人物,只不过故事发生在赴美航班上。这些故事尽显作者的跨文化意识和边缘生活意识。

美国人的文学经常围绕"身份"问题展开,在展开的过程中,一些思想乃至哲学问题如"我是谁"亦得以被提出。周婉京的小说有点美国小说范儿,不过她自己是中国人,不过她写的却又大多是发生在美国的事,不过一般说来中国也没有周婉京笔下的这类故事发生。她的写作迥然不同于美国华裔作家，或者更泛一点说海外华人作家的写作。海外华人作家的写作总会涉及家族记忆（有时候是悲惨的记忆）以及东方文化传统，但周婉京笔下的人物基本上都只生活在现在，他们即使有记忆也是短期记忆，昨天，上一周，几年前，但不会延伸到文革、民国或者晚清。

她的小说是新时代城市生活的产物，无关贫困，无关愚昧，无关奋斗，无关地位，无关人们一般认识中的财富。她观照边缘普通人的常常无法落到实处的痛苦，但不为乡野风光题照。她的小说是关于个人的，但个人又好像无关紧要。她也写到爱情，但不探讨什么爱情的真谛，并不死去活来，这样，爱情便获得了一种模糊性。在她笔下，爱情的麻烦是故事线索，而高潮是效果，颅内高潮是境界。这是不是年轻人所谓的"酷"？新人类或后人类的"酷"？她的故事和行文的确有些"酷"。

周婉京的小说中很少出现占篇幅的日常对话。

她给出的是一段一段的文字，甚者是一大段一大段的文字。据我观察，这该是拥有思维密度的人喜爱的行文方式。周婉京文风锋利，有时甚至狂野，并不文绉绉，并不拿腔拿调。她虽然年轻，但经常在小说中使用一种过来人的嘲讽口吻。她的语言散发出与其年龄不相称的老练气息。其行文精彩处能给人带来超音速飞机突破音障的快感。这一切都与她的长相、教育背景、品位、日常生活中待人接物的方式所留给人的印象颇不一致。而这或许正是她作为文学创作者的可贵之处。她的滚滚向前的叙事可称直接，按说是老派的写法，却很有节奏感。其叙事速度正好让你读下去。我从对其小说的阅读中能够获得一种智性的愉悦。其情节安排甚至会唤起我的窥探愿望。在小说中，周婉京经常使用男人的叙事角度、男性口吻——她把自己也虚构了；不过有时，她会在行文中露出自己是女性作者的马脚。

要说她的小说有什么缺点，那第一点是，故事情节有点太巧了，尽管有时巧得令人感动，例如在《字幕组》中，在《纽约最后一个政客》中。另外，她的中文表达有点受到英文表达的影响，或者说，牵动。这一点她自己已经意识到了。不过我同时也认为这可能是新一代小说家的国际化面貌。

2012年8月我在爱丁堡参加世界作家大会期间，曾遇到过一位生活在伦敦的英国侦探小说女作家。时隔多年，我至今依然清晰地记得她的长相、她的衣品、她的教养、她的聪明。由此我得出一个印象：能写侦探小说的人都极其聪明。柯南·道尔、阿加莎·克里斯蒂、乔治·西姆农。我想，周婉京具有写侦探小说的才华，因为她会在小说中每每给出淡淡的悬念，当然她写的不是侦探小说。我们曾经聊到意大利符号学家、小说家、《玫瑰之名》和《傅科摆》的作者翁贝托·埃柯。埃柯是大学者，研究中世纪达30年之久，但他的带有侦探小说性质的《玫瑰之名》让他名满天下。周婉京说她喜欢埃柯。我想她是就埃柯的学者、小说家双重身份而言。婉京也有双重身份：学者、小说家。虽然学术写作和文学创作会要求她不断进行思维换挡、语言换挡，但她当然会因此而与众不同。

2021年3月15日

目录

大榆树 /// 001

出埃及记 /// 043

字幕 /// 081

SILENCE /// 127

危机 /// 153

福利 //// 179

朋友 /// 215

星星 /// 243

纽约最后一个政客 /// 275

//////
大 榆 树

//////

我大学读的是哲学,但大部分的时间我都没去上课。一些必须出席的留学生交流会,我也从未去过。我甚至连麻烦同学帮忙签到都懒得做。终于,在毕业前一年,我们系一个教神学的犹太老头把我告到了校监那里。校监是一个跟老头子年龄相仿的老女人,她说她听说我病得很重。是啊,我说。她怀疑的蓝灰色眼珠上下眨动着,她用一种期待我"坦白从宽"的眼神注视着我。我也注视着她。她说,你是不是嗑药了,或者酗酒?我非常严肃地说,我没有。我只是不想开会。她接着问,如果你不能说明你为什么总是旷课,我只能公事公办了。她的话带着明显的威胁语气。但我也知道,像她一个分管学生心理健康的校监是不能开除我的。于是我说，顺着她的"专业"说，我得了抑郁症。后来我还说了一些我的症状，我说我真的真的不能起床，我感到非常非常抱歉。直到我硕士转入临床心理学，考了心理咨询师资格证，我才知道重复是精神病人一个重要的无意识特征。他们会用绵延的、循环的话将他们锁在自己的世界里。

  人很难管理自己无意识或潜意识的思维。心理医生要做的就是用一些模棱两可的玩意刺激他们将无意识的内驱力投射出来。所以新病人见我之前，都会被护士要求在一张纸上画下一棵树。"树木人格测试"，这是一种最基本的投射测验。他画的是一棵幻想中的树。树干纤细如针，光秃秃的没有一片叶子。叶子都在地面上，密密麻麻地覆盖整个画面。地表的下面，还有盘根错节的块茎根部，生着瘤状的树结。我第一次看到这张画时，我就知道他是个自我防御机制特别强的人。他不承认自己有心理问题，但他最近确实感到自己在与太太相处的过程中失衡了。我建议他不如参加一下我们每周一次的集体治疗小组。有时,不敢跟家人说的话可以试着跟陌生人谈谈。

每周五,我们都会在翠贝卡一间画家工作室见面。那是一个约莫有五六百平方米的大平层,中间有几根墙皮已经开始剥落的立柱,四周环绕着灰色的落地玻璃窗。从这里能眺望到哈德逊河,也能看到高线公园和雀儿喜市场。前年,有家地产商在画室坐落的这幢大楼前面修了一个新地标,五十五层高,结果就把海景遮去了一大半。现在,海景只剩下一条缝了。我的病人之中,有一个对冲基金的老板对这事颇为恼火。他参加集体治疗的时候,总会抱怨这个新地标挡住了他公司的风水。我们就叫他A吧,出于我和病人签订的保密协议,我在这里不方便透露他们的真实姓名。A的生意做得很大,尤其是在雷曼兄弟垮掉后的头几年,他们公司吃掉了雷曼在几家投行的业务。他长了一个肥大的东欧式鼻子,每每讲到动情处,鼻翼的两侧就会剧烈地抽搞，尤其是在谈到钱的时候。他的问题是他不愿意给除了自己以外的任何人花一毛钱。他结过三次婚，三次都让他的老婆净身出户。为了能胜诉，他不惜掷重金请全美最好的离婚律师来打官司。单是咨询费这一项，都是按分钟收费的。坐在 A 右侧的是 B，她的父母都是 NASA 的高级工程师。他们第一次把她送到我这儿时，用非常科学、严肃的口吻说道，他们的女儿这里可能有问题。"这里"，他们同时指着自己的脑袋说。不过在我看来，小 B 只是很难集中自己的注意力，她的心定不下来。一旦有新鲜事物靠近她，她会本能地表现出亢奋的反应，就好像幼犬第一次进入狗乐园，会靠近陌生的面孔一直嗅闻对方的味道。她用气味来判断一个人的性格。对于讨厌的人，她会说，"我要用我的重力砸死你！"如果碰上喜欢的（这个概率微乎其微），她会说，"我要用我的重力带你去火星！"小 C 就曾经碰上过一次，他原本坐在小 B 右侧，但在小 B 总是用重力威胁他，强行吻他未果之后，他跟我请示能不能换到

A 左边。我说可以。小 C 是个郁郁寡欢的金发男孩，他被送到我这里来是因为他曾在学校一百周年的庆典上公然把他粉红色的私处整个掏了出来。他不想上学了，当时他觉得这是他近十年中唯一的机会。可即便他这样做了，校长还是没有开除他。他回家之后被他父亲赏了十几个耳光。他父亲说，为了帮他保留学籍，不得不又给学校捐了 500 万美元。他向我讲起这件事的时候语气非常淡定，就好像在讲别人家的事。我们几个人时常盯着小 C 纤长温柔的手指看，想不明白一身贵气的他是如何用这双手解开他裤子的前裆。

最后说说他。他坐在 C 的左侧，我的右侧。每次轮到他说话，他都要反应一会儿。他说话不够利索，无论词句，都是一个字一个字吐出来的。那些从不连读、吞音的英文单词就像跟他素来生疏似的，连起来听便有一种过分留心的费事与拘谨。他思考的时候会汗流浃背。即便我费力抬起一扇窗，让风朝着他吹进来，也无法缓解他发汗的情况。其他人说话时，他蹙眉专注地听，从不给出任何评价。他的存在也不是不重要，相反，A、B、C都很喜欢他。他们需要一个不说话的人，吸收掉他们的戾气、臆想和苦恼，同时又不必担心他会对外人讲。

有一次，我们的谈话主题是"我的第一次"。照例从A开始，依次是A、B、C，最后轮到他和我。那天很怪，正午的天空上还挂着昨夜的月亮，白色如蛋清一般。温暖的春日阳光、新鲜的空气和教堂街上的行人声通过开着的窗涌进了屋里。他们每个人都哭了，好像都跟这奇异的天象有关。A提到了他的初恋，他说他在当时女友的面前经常连一句话都说不明白，他第一次觉得自己配不上她，因为他不过是个来自密西西比乡下的穷小子，他害怕，不愿去谈这个，所以他们做爱的时候他格外想表现出色，他要让她一辈子都记得自己，他不知道他们未来会发生什么，日子一天天过去，在秋天来临之前，他还是没有赚够带她去纽约的钱。"就是这样。"A说。在B看来，与其说A的初恋是一个悲伤的故事，不如说这是一个阳痿的故事。我们都笑了。B继续说，A的失败在于A的恋爱模式还是一个陈旧的一夫一妻故事，即便他换了三个老婆，还是没能找到一个适合自己的恋爱方法，这样的A感到的抑郁不是抑郁，更不是爱情，不过是在生活中被消耗掉的时间。然而，当B讲到自己的恋爱模式时，她就不那么从容了。我能听见她的心跳。她说她的爱人跟这屋子里的人都不在同一个维度，她是依据科学来判断爱人的。她爱一个人就不在乎这个人的一切，管他是男是女，是人是鬼，爱了再说。她说这话时，身体前倾，用双手托住下巴，最后捂上眼睛。C始终不相信A和B，他觉得A是世俗的，B是自相矛盾的。例如B就无法解释强吻他这件事。C觉得他们都是胆小鬼。勇敢的人从不谈自己的故事。C想要成为一个勇敢的人，所以一旦有人说他淫荡，他就当面展示这种淫荡给他看。这种反抗比自怨自艾要强烈得多。他回想到九岁那年在家族聚会上露出的下体，拿着自己那小小的玩意儿蹭一个远房表姐的屁股时，他就觉得这才是瓦解封建大家庭的唯一方法。多么彻底！他道貌岸然的父，慈祥的父，顷刻之间发了疯，当众拽着他的领结往车库走。真是发疯般的愚蠢！噩梦般的荒唐！他之后又讲了一些父亲的情况，包括他儿时偶然看到父亲和情人在床上……他讲到这儿时开始吃放在地板中央的曲奇饼，他吃得很快。我知道我也许应该让我身边的最后一人说些什么了，小C看上去撑不住了。我身边的他，只是坐在原地，没有起身去拿饼干或者喝的。包括我在内的所有人，都在期待这个最后发言的人说点什么。这让他的脸涨得绯红。他不是没试过，他说，"我……我的太太……"他发现自己嗓音沉重，舌头僵直，他根本无法继续说下去。他没法控制他自己。这让我在那一刻意识到，他可能比他们都要严重。他的敏感和脆弱，令他无法将自己暴露在其他人面前。即便A、B、C跟他已经很熟了。那次谈话，最后他以一个拙劣的借口回避了。他抓起自己的外套，有点激动地告诉我们，他不会说英语。

隔了几天，我接到他的电话。他说他有话要跟我说。我让他跟我的秘书约一下时间。他用恳求的语气询问我能否在我诊所楼下的咖啡店碰面，他不想在问诊室里讲自己的事。我当时正拿着他之前画给我的那棵大树，仔细端详。挂断电话之后，我还在看。这是他第一次有了主动讲他内心感受的诉求，比别人的"第一次"都来得迟一点。

他坐在我对面的时候，我看不出他情绪上有丝毫的起伏。他的车停在路边，就在我的车前面，这种位置反而让我有种安全感。我希望我走在病人的身后，在他们即将倒下之前扶住他们。他向店员要了四个小勺，我们一人两个，一个吃蛋糕用，一个搅咖啡用。他的美式上了之后，又向店员要了一小罐鲜奶。用指头大小的铝壶装着的牛奶被摆到我们中间。我看到了他脸上的困惑，他在思考这壶里装的乳白色的液体到底是喝咖啡用的鲜奶还是普通牛奶。他喝了一口之后，开始讲他那天没讲的内容。

他说他跟许多中国人一样，都是奉父母之命结的婚。他们老家的习俗几十年都没改过。他娶他现在这个太太的时候也是八抬大轿娶进门来，轿夫鼓手成行而走。结婚那天烈日当空，花轿的彩穗在风中忽闪忽闪地动，村口站着的小孩都跟着轿子跑，说是掀帘子看新娘，其实是在挑那彩穗。敲锣的人走在最前，他骑在一头长得像极了骡子的黑马身上，他的太太紧随其后。他的目光时而落在看热闹的人身上，时而聚焦在那些上身只穿了个敞胸马褂的轿夫身上。他每次走到拐弯处回头看新娘子，都会先看到那些打赤膊的男人——他们的汗水晶莹，在艳阳下扭动着蒸腾起来，喜悦地化成了汽。这些事情全都粘在他的脑子里。他们结婚时才不到20岁。婚后，他一个人到苏州打拼，偶尔跟住在乡下的妻子打几通电话。他进了当地一家纺织厂，当了车间主任。再后来，这家工厂倒闭了，他就跟着老板去了上海。30岁以前的生活，像极了梦游。他有过几个女人，都是不要紧的那种，消遣一刻，过了也就忘了。他身边的大老板越来越多，嫖的次数也愈发频繁。一个月最多的时候,平均算下来,一天都要两次。真是比吃饭还勤。他后来干脆连裤子都不脱了,进了屋,房门一插,就开始跟那些女人们聊天。他们躺在一张可以装得下湖泊山海的大床上,手脚相背地岔开躺,同时看着天花板的玻璃。女人会对他这个恩客好奇,讲一些别的男人是怎么在她身上寻开心的,带点勾引还有点不甘心地打趣他。她会一直盯着天花板,讲述这面镜子是如何陪伴自己走了这些年。五年,三年,两年,一年,半年,三个月,五天……好像只有被男人压在身子底下,瞅着这镜中的自己,才算是真的完成了一次性交易。她们只说"性交易"而不说"性交",因为性交这个词很危险,似乎离产生感情只有一步之遥了。他出门之前总要撕开女人屁股或裤裆那一块的丝袜,他扯着裤腰带直到大堂里见了兄弟们才拉上拉链。怎么样,搞爽了?老板们拍着他的肩膀煞有介事地关心着他。当然,两小时五次,最后射出来的都是水!谎话说久了,他自己也就信了。他自觉跟这帮下流、随便、肮脏的嫖客们没有两样。他这么想的时候，就能理所应当地为他们刷卡买单了。他的太太估计是听说了一些他的事，有一阵子特意跑到上海来，在家变着花样地给他做饭。他知道，这是她在暗中窥伺。那个月，他派下属去招呼那些老板，陪着太太好好在上海转了转。她想看的，像是东方明珠和城隍庙，她想吃的，像是南翔小笼和黄鱼煨面，他都依她。她让他去看医生，为要孩子做准备，他也去了。她走之前大约觉得他没什么反常的地方，悬着的心也就落了下来。

有种人从不提问，他只是陈述他的往事。岁月在他那里好像可有可无似的。这次两个多小时的对话，我只在活页笔记本上记下几个关键字，"传统婚姻""嫖""妻子"，临走前我又加上一个"孩子"。因为他忽然谈起他的现状，他说他太太等了十年的这个孩子终于来了。也许是这个孩子的到来，挽救了他们的婚姻。至少，不让他觉得，过去正在从他身上游离。他问我，周医生，你有孩子么？这是我从认识他到现在，从他嘴里听过的唯一一个疑问句。

可那声音斩钉截铁般冷漠,听上去丝毫不像个问句。我没有,我说。我拧了一下嘴巴,然后笑了两下。笑声结束后,我们陷入了沉默。也许是为了打破病人与医生之间不时会出现的那种令人尴尬的沉默,他主动提出要离开,他给出的理由十分充分——他的太太来纽约了,他认真地看了一眼手表,大概这个时间就要到了。我的脸上露出端凝的表情,我还在辨析这话中的真假成分。职业病使然,我总希望病人跟我交代他们的实情,但又不希望他们过于直白诚恳。这一点大概与谈恋爱是一个样,过于容易的,反而就似有若无了。

从咖啡店出来的时候,街上还有太阳,混在美式榆树中间的大榆树,那些被纽约人戏称为"绞刑树"的大个子们,它们都斜斜卧在太阳的影子里。我一路从钱伯斯街走到了中央公园,我感觉自己走了一辈子,把这一辈子可能在曼哈顿遇见的榆树都看了一个遍。还有一些平时我从未注意过的,向来以为只生长在布鲁克林的柳树或者斯泰登岛上潮湿喜阴的棉白杨；还有北方林荫路车站人行道边上随风起舞的柏树，这些在曼哈顿各色街区的犄角旮旯里都能找得到；还有还有……翠柏、山毛榉、菩提树、加拿大枫树、法国梧桐……从隆冬的瞌睡中醒了过来，开始跃跃欲试地要加入街边踩着滑板的男孩，那些年轻嬉皮士们的对话中去。

我走得很快，红绿灯和迎面相向的人群都挡不住我。我的风衣撇在我的双臂之外，笔记本塞在屁股后面的口袋里。这种小本我已经用了差不多十年，家里书房摞着的书就有一个成年男人那么高。刚开始时，我的病人只有华人。有段时间，我整夜在想他们的病例，人变得瘦骨嶙峋，日头听诊时还会猛盗虚汗。第一个病人是张老先生，满族镶黄旗，他父亲生他的时候家里有帽儿胡同和雨儿胡同里统共五处四合院。他来找我看病是他子女安排的。他们从布鲁克林中华超市门口的小广告上看到我的诊所信息。张老先生说，他1984年在布鲁克林67街购入的这套房产，门前有一棵大榆树。这棵榆树离他家房子太近，树干越来越往他屋里斜，年年到了春天抽芽时都要压坏他家房梁上的砖瓦。这修缮费可要五千大刀！尽管他一早为这屋子上了保险，但保险公司那帮家伙却因为那棵榆树是纽约市政府所有而推诿不赔。这棵树就这么搁着，到他见我的那天已经过去了十五年。他老了，树也越长越大。因为靠房子过近，树根已经蔓延到一楼窗户底下，拱起了窗外张老先生家的车道。入春后大风急雨，一个惊雷大作的晚上过后，大榆树的一根树杈被刮断，不偏不倚地砸在张老先生家屋顶上，砸出了一个大窟窿。在来我这里之前，他孩子先带着他去了一趟保险公司，为他自费两万刀修屋顶的事讨个公道。张老先生不太讲英语，派头和气势却一丝不少。他拄着一根洋务派喜欢的那种文明杖，杖头是象牙镶玉造的。他双手撑在拐上，刚在我的诊室里坐下，就用拐指指我书桌上的电话。你，帮我给公园局那帮负责砍树的孙子去一个电话。我有点疑惑。他又催促了一遍。我打完之后告诉他，对方说要等六年零八个月后才轮到砍他门前这棵树。他底气十足地骂了一句，呵，我都未必能活到那会儿！

最后那棵树是我出钱找伐木工砍掉的，我在参加葬礼的时候把这个消息告诉了张老先生的一双儿女。我到的时候，灵柩已经盖上了，盖子上撒满了一簇簇的白花。我问张老先生的儿子这是什么花，看着可不像张老喜欢的"春风一夜庭前至"的槐花。他穿了一件黑西服，一条黑蓝色的休闲裤。他指了指他胸前的小白花，反问我说，这可是纽约，上哪儿去给老爷子弄槐花啊？人们陆续进来之前，我在最后一排找了一个座位。过了一会儿，一个瘦瘦高高的、脸上惨白的没有一个凹角的中国男人接替牧师的位置，站到礼拜台上。他为我们作了一个简短的祷告，他用中文描述了他所认识的张老先生，一个热情、局气、侠肝义胆的北京人。他原本打算强调一下张老遗老的身份，但在张老生前都被老先生亲口给"毙"了。张老经常跟他说，那都是过去的事儿了。接着，他请求我们为逝去的张老先生作祷告。

我闭上眼睛，试图唤起一些关于张老的回忆，但我那一刻脑子里只有树，成千上万棵结了花的榆树。以至于他坐到我身边的时候，我丝毫没注意。管风琴音乐响起来了。他向我递上了一张名片，他是这个墓园的老板。我给了他一张我的。就这样，我们认识了，他开始定期到我的诊所来见我。

  他刚开始来时，我还以为他是要卖一块墓地给我。但是几次交往下来，他这个人话说得很节制，待人接物也很有礼数。他左手无名指上戴着的银戒指像是嵌在他身体上似的，与他那清清淡淡的五官眉眼一样，都是老实人的象征。他是我这里少有的老实人。我的病人里面，怪人倒是很多，他们的症状遍及人生的各个阶段，包括：小儿自闭症伴随的行为障碍、小儿多动症、青少年反叛行为、成年人忧郁症、焦虑症、双向情感障碍、老年人痴呆症、躯体综合征，还有酗酒、毒瘾、性瘾、网瘾、自杀这些被学界称为"人格缺陷疾病"的行为。当然，我不认为怪人就等同于有缺陷的人。藏在脸孔和声音背后的我们，有时远比我们希望别人认识的，或我们认识的自己要怪异得多。

　　最初的几个月，我们的话题一直围绕着张老先生。他谈起自己刚来纽约的时候如何受到张老的照顾，如果不是张老介绍了一间半地下的出租屋和一家中餐馆的工作，他可能早就饿死街头了。张老先生带他看画，下棋，提笼架鸟，把一对"灰芙蓉"当成艺术品来赏玩。老爷子这一生过得认真充实。如果非挑一处不是，那就是他对儿子过于放纵。我完全认同他的看法。我们都不喜欢张老那个自诩地道纽约客的儿子。那人结过两次婚，有两个孩子，对他们一个子儿也不掏。不知有多少次，不同肤色的年轻女人追到家里，张老帮他打点善后。张老的儿子总是一身酒气，没有一次穿戴整齐。拜客之后再回拜，这种事在那人身上是绝没有的。可惜了张老的一生，戎马倥偬，到头来免不了跟家人怄气，又是气恼又是为难，可又狠不下心来与他断了联系。他告诉我，那男孩特意跟他换了一个小一号的墓穴，为的就是吃掉多出来的下葬钱。我说，张老的晚年，照理应当过两天舒坦日子，没想到命运偏不投其所好。可是，父子总归是父子。他只说了这样一句话就停住了。往后，关于父子的话题，他一概不提。

我从不过问病人的私事。他再次出现在集体治疗小组时，嘴上多了两撇胡子，远远望上去，让人觉得更生疏些。这从A、B、C看他的眼神里也能瞥见，他们等着他先说，立耳去听去等他可能崩溃的情绪点。他慢慢地转过头，看着我问，周医生，您有孩子么？说这话时，他表情阴郁。我忖度着回答什么才好的时候，A的发言一如既往地率先到来。从自夸开始，以自夸结束，A聊的所有内容都跟钱有关。这回，他引入了一个新的自夸句式，"我是一个普普通通、老老实实、心胸坦荡的人"。这话引得包括他在内的所有人都笑了。我们都知道，那些说自己心胸坦荡的人，其实是在提醒自己千万不要把那些见不得人的东西说漏了。B那天心情不是很好，她一直在找A的茬儿，几乎句句话中都带着钱。她反对利害关系，反对一个女人为了钱而嫁给一个男人。A的毛病除了爱钱之外，还听不得别人说他的不好。他瞪圆了眼睛，指着B的鼻子骂她是"一个赔钱的黄毛丫头"，他还说幸好她不是他的女儿，否则他一定亲手把她掐死。我忘了他们具体骂对方什么，我只记得在A在开始骂NASA是美国历史上最大的诈骗集团时，B怒不可遏地抄起地板中央瓷盘里的牛角包向他的脸上砸去。他们吵得正凶，C打了一个长长的哈欠。在C将手垂到裤裆前面时，A和B都停下来盯着他的那玩意儿看，没有了声音。C瞄了一眼我，又瞅瞅我身边一直沉默不语的他。接着，C开始向他发问，用速度极快的夹着纽约口音的俚语说："老兄，你对女性还有欲望吗？你是不是时常感到，曾经折磨过你的似火激情已被岁月消磨光了？说来也怪，这是不可避免的，这个城市对离群索居者向来冷漠，让你一个人在暮色苍茫的春日夜晚，害羞地穿上你的平角内裤，出门走进暮色，你会远离城市，会吧，然后在新泽西乡间的一条只有这么大（他在我们中间转了一个圈，用两条细长的胳膊比划着大小）的田间小径上，痛苦地看着篱笆墙外一对正在田里偷欢的男女。"我身边的他骂了一句"操"，接着大笑起来。他后来告诉我，我们那天就这样聊到下午六点。C邀请我们几个到他长岛家中的湖畔小屋钓鳟鱼，我们却分别以不同的理由婉拒了他的提议——A说他要加班，B说她约好了跟女朋友逛街，我身边的他说他要带老婆做孕检，我说我周末打算陪我未婚妻去罗德岛探望她的父母，她是一个皮肤科医生。我说完后，我们就散了。他一声不响地站在楼门口等我。他手里拿着一支烟，距离我只有几尺远，那眼神像是已经洞察到我说的话是假的。我又何尝不知道，我们四个中只有他说了真话。

纽约有一阵兴起"瑜伽热"，我在集体治疗小组里也尝试着让他们做些简单的瑜伽体式。一种最基本的双人瑜伽，需要两个人一组背对背，互勾双手，吐气时一边向下背起另一个人，吸气时换成另一个人吐气，如此循环做十几组。我们在分组时耽误了快一个小时，因为所有人都想跟他一组。按他们的说法，A、B、C彼此之间都存在致命的分歧，但唯独我身边沉默寡言的他是安全的。那天，他看上去气色不太好，好像熬了一个通宵，但他仍然配合这几个家伙，分别跟他们互挽手臂互相背，背起，放下，吐气，吸气。他们平静下来之后，我们来了一次前所未有的深谈。每个人都说了一个他们现阶段最恐惧的东西。B先说了她的情况。她最近发现爸妈开始给她放AV电影，无论是客厅的电视、起居室的电影投影屏幕，或者几个浴室的iPad，她在拉屎时点开的都是男人扒掉女人衣服的片段。太恶心了，她说。然而，令她真正担忧的是她父母下一步的举动。她爸爸昨晚吃饭的时候提起了"计算机之父"图灵，还提到1970年新奥尔良同性恋电击治疗的方法。她查了一下，具体的过程是——那些电极穿过"病人"的头颅，伴随着"异性性行为前戏和交合"的电影。我会跟你爸妈好好聊一下的，我说。想不到到了新的十年,还有人把同性恋看成是"激素异常"的表现,男同性恋就是雄性激素不足,女同性恋就是雄性激素过多,这太可笑了。我想不到这话出自我身边的他。他继续说着,语气中带着一种抚慰人心的力量。尽管他的眼底有两大片暗褐色的阴影,皲裂的上嘴唇的黑色唇须密布在他的两撇胡子上。在他之后,C短暂地提了一下暴露狂在美国法律中的种种禁令,谈到了现在整个曼哈顿只剩下地铁这一处可以暴露身体,他的家族成员因他"有伤风化"而把他剔除出遗产继承名单,可他有伤谁的风化了?如果他都不再是家族一员,那么谁他妈的还在乎?他问完这两个问题后,折回到B的同性恋治疗法上面。他说,自己最喜欢的一本书《请杀了我》——地下天鹅绒乐队主唱Lou Reed在1966年朋克口述历史中说道——"他们将那玩意放在你喉咙下面,以免你吞咽舌头,他们还将电极戴在你的头上。这就是罗克兰县推荐的阻止同性恋感情的手段,而它的效果就是你失去记忆,变成植物人一般。"A警惕着望着他们，缓缓地道，我对同性恋和亚文化完全不了解，但我必须承认，电击肯定是不对的。任何人都不能以"治疗"为名来伤害患者。B纠正了他说，她不是患者。你们都不是患者，我说。我们五个围坐在A新买来的茶几上，上面摆了几瓶C自己酿的白葡萄酒。从我身后落地窗照进来的阳光渐渐充满了整个房间。其他人走后，我跟他一起清理了茶几上的垃圾，一些果壳和酒渍。我们一起搭电梯下楼的时候，他冲我咧嘴说道，我们今天怎么就说到这个话题上来了呢？出了电梯，他向我挥手道别的时候，身边站着一个手里抱着一大束橙黄色雏菊的方脸女人。他碰了碰她的后背，略带生硬。他们一起向我笑着挥手道别。

几天后的中午，我推开诊所大门的时候，我的秘书告诉我有一位中国太太在办公室里等我。她正坐在专为病人设计的摇椅上，仰头盯着墙壁上的奖状和照片，我走进来站在她身边时没说一句话，我顺着她的目光看去，收回目光后我只说了句"你好"。

她是他的太太。她穿了一件米黄色新衬衣,窄边灯笼袖口,有着雏菊凋谢之后花色褪下去的光泽。她在开口说话之前,先从鸵鸟皮的手包里掏出了一叠美元。那些美元用一根牛皮筋绑着,闻上去好像新印出来没多久。她旁边的小桌子上放着一张白纸,那是秘书给每个新患者的"见面礼",照例我们会让每个病人都在这张纸上画一棵树。现实中,或幻想中的树。她用戴着婚戒的无名指关节轻敲着她的嘴唇,她鸟喙似的小高鼻梁上起了一些褶皱。我看得出,她正在思考如何开口。我见到她急出了汗,就主动问起她到美国之后生活适不适应。她说她这个人嘴笨,不知道该怎么说,也不知道要从哪里说起。我大概有了一个感觉,她是为了她先生的事来的。于是我便同她讲,他先生的心理状况比去年他刚来的时候稳定了许多,她和孩子的陪伴只会让他的状态越来越好。她笑了,那是一种既清澈又模糊的笑,嘴角结结实实地扬起。这种笑在城市里难得一见。她说他们结婚前两个人都没见过面,只有家里的长辈过去在一个生产队里搭过活。她结婚那天，喝了一口老黄酒，晕晕乎乎就上了轿子。她知道自己没什么头脑，在公司的事上帮不上他。但她一直以来都想把事情做对做好，不想让他有一丝的不安。甚至她听说他在上海有了其他女人时，心里起的第一个念头竟然是甘心成全他们，或者自己伏低做小也不是不可以。我告诉她，来了美国，夫妻之间讲求的是平等。她锁着眉，这时她似乎已经意识不到她开始滔滔不绝地说话了。她说的都是他的事。她眼看他一个人白手起家，把生意从苏州做到上海，现在又到了美国，工厂开了几十家，中国和美国房产的照片加起来，足够做几十个相册。这十年来，自从送走了他的父亲，他们就给家里上上下下十几口人都上了最贵的保险。他待她，待她的父母都是再好不过的。他在外辛苦奔波，回家从没有跟她红过一次脸。他父亲心梗走后，他母亲一直因为他们没有孩子而为难她。还是他，一次次帮她挡了回去。他们俩哪里都好，就是太好了所以才会闹成今天这样。我见她呼吸开始有些急促，指着她身旁那张白纸说，不如先画一棵树吧。她摇摇头，这时她的眼里已经噙着泪。她看得出，这次她来美国他并不高兴。他嘴上不说，但是早已显出了疲乏。他们分房睡的前一晚，她试图碰他的胳膊，却被他拒绝了。她还是碰到了他的肘部，她说那感觉就像是在摸一尊冰冷的大理石塑像。到了早上，他们坐在客厅吃早饭的时候，他像什么都没发生过那样给她倒水，夹菜。接着，她眯细了眼睛，试图在向我提问的时候显得不那么严肃。她的语气特别恳切，她想要从我这里打听，她的丈夫在纽约是不是有了外遇？如果有，请我一定要如实告诉她，她可以面对。我一时答不上来。她又旁敲侧击地跟我透露了一些她丈夫最近的反常举动，比如：半夜对着窗外发呆，吃饭吃到一半接到一通电话就撇下她去了公司，还有他在假日说好带她去郊游结果却去了墓园……我打断了她，去墓园是为了看望一位张老先生，他是我们共同的好友。可她明显不相信我说的话，她的眼神飘忽不定。她就是知道他有什么地方不大对劲儿,他的步伐日渐沉重,话越说越少,后来干脆整日不说上半句。我一动不动地注视着她,刨根问底时人会陷入一种不自觉的疯狂,这种疯狂正拽着她,消耗着她。她最后说就算没有性生活,她需要的,就算是一次争吵也好啊。她希望他能跟她聊点什么。那天,我们就说到这里为止。她一下子像是噎住了气,在眼泪夺眶而出之前,我答应她,我会留意他。但我也告诉她,我认识的他是一个非常好的人。

到了新的一周,集体治疗小组照常碰面的时候,他没有来。A在分享他这周的新发现时提到了我楼下的教堂街是一条神街,他从兜里掏出了一张二十刀的纸钞,对着太阳来回抖搂着这张钱,他说他决定从今往后走路时眼睛盯着地面。他相信过不了多久,他又将捡到更大面值的钞票。快说完时,A忽然提到了缺席小组活动的他,A说他在教堂街和墨雷街交界处的咖啡馆碰到了他。A当时正从窗外经过,他说我们的中国朋友看上去正在热恋。接下去的时间里，我的笔记本上什么都没记下。我只记得我从座位上站起来，把我身后的窗户关上了一扇。关窗户的时候，窗帘被风吹得飘了起来，我费了些劲儿去把它拽回来。我尽量没有向楼下张望，但尽管如此，我还是瞥见了街对面咖啡店的外墙以及墙边上的那些开得正艳的红色杜鹃花，一棵大榆树夹在他们中间。我似乎能想象得到，他湿濡的脸在情人面前充满活力地晃动，他捧着情人呼呼的鼻息，他们难掩兴奋地彻夜长谈。作为朋友，我希望他一切都好。但作为医生，假如他真的碰上什么麻烦，我并不想知道。

一个月后，他出现了。他独自一人拎着一瓶超市卖的那种廉价波本酒站在我公寓的门口。我开门时正端着一杯咖啡，不断有热气从杯口往上冒，然后糊在我的眼镜上。他看起来很不好，情绪低落极了，原本六英尺高的大个子好像突然缩了水，蜷在一个衣衫褴褛的空壳之中。他坐下之后只碰了客厅桌上的烟灰缸。他在抽烟，一根接着一根。总是嘴里叼着的还没抽完就把烟摁灭,立刻点上一根新的。他一直站着抽烟。直到我安排他在家客厅的沙发上暂住三天,他才说了声"谢谢",然后他说他睡地板就可以。

接下来的几天,我照常去上班。他偶尔出去散步,我告诉他出了公寓楼一直往南走,跨过罗宾逊公园大道就是森林公园。纽约的地名都很实在,森林小丘建造之初也是因为靠近森林公园所以才取的这个名。我知道我住的这栋公寓再高档也不过是中产的水平。住在我们这儿的人,无论是独立屋还是公寓,统统挂着杏白色的百叶窗,各家院子屋外都围着铁栅栏。只有树可以穿墙而入,春秋不改。树叶远远地飘落到潮湿的人行道上,再随着车轮的裹挟去到更远的陌生地方。他喜欢这种安静,让他暂时忘了曼哈顿的事。

周末的时候,我们租了两辆自行车,从森林小丘出发,一直骑到森林公园里去。一路上葱茏的树影在我们头顶晃来晃去,我骑在他前面扭过头来向他喊道，看到没有，就这条路，到了秋天渐渐变成黄、橘、红的世界，到了那时便是……万木护车将红绕，千色推窗送秋来！偶尔刮起一阵疾风，一个同样踩着单车的过路人被这风吹得四扭八歪，赶忙握紧车把。更多穿着紧身衣的专业骑手从他身边呼啸而过，最终他们的背影在这路上都朦朦胧胧地消失不见。那些树影还在我们的头上，随着正午的日光变换出更多不规则的形状，先是一片片云，后来变成一条龙，最后又回到了树叶，树影集结成了一片巨大的树叶。一条条，一寸寸，都是活的。我们实在骑不动的时候，才停了下来。我们在公园低洼处一块水塘前席地而坐。他用双手环抱住大腿，慢慢讲起他的太太。某天下午，她在翠贝卡画室楼下跟你打过招呼，还记得吗？我说我当然记得，她看上去是个彬彬有礼的女人。他同意我的看法，忍不住枚举了几样她的好处。在他口中，她虽然没读过什么书，却是一个知冷知热的人，在种种地方都依着他、顾虑着他。他说不上自己觉得她哪里不好，但他在上海寡居的日子中某一天竟起了要同她离婚的念头。他只是不快乐，尽管他不确定离了婚是否就能让自己快乐。就在他返乡办手续的前一晚，他的父亲没打一声招呼就独自跑来上海找他。他至今还能想起他父亲推开房门，撞见他和他的爱人在床上的情境，所有人的窘迫和尴尬都聚焦在他爸爸又干又热的皱巴巴的嘴唇上。他等着他声嘶力竭地骂他，骂醒他。可他却亲眼看见爸爸倒在门口，他笨手笨脚地试图拉起父亲，但却在一片盲目慌乱之中让泪水先淹没了眼眶。救护车赶到之前，他父亲的眼里已经失去了色彩。他和他爱的人愣在原地，还以为这是一个呜呜咽咽的梦。他垂下目光，摇了摇头，像是不忍再去回想。池塘里的水草随着忽起的一阵风，层层叠叠地摇动。我抬眼往上望去，看到水塘边大榆树的树梢，那些被日光映得斑驳陆离的树影又出现了，向一片苍翠的远方蔓去。

　　回程的路上不巧赶上逆风，我们的衬衫被风吹得鼓了起来。我再次回头看看他。他的双肘死死抵住车把,他在风中问我,能不能帮他一个小忙。我正过头来,不再左顾右盼,只盯着前面的路骑。在我们穿过一片来途不曾留意的小森林时,我答应他,我说好。

他的电话是凌晨两点打来的。我在第三次铃响后按下了通话键。我听到对方正在抽烟,不知为何,我很清楚来电的人就是他。接着,在我摸黑走到客厅之前,我听到了他的声音,"周医生,你上次答应我的事还算数吗?"我瞥了一眼客厅墙上的钟表,三点一刻,我尽量不暴露自己被半夜吵醒的不满,我劝他最好先去睡觉,有什么问题我们可以明天中午在诊所面谈。他在那头静默了一会儿,那种静比抽噎呜咽要更加悲伤。然后他说,他恐怕不行,他只能趁现在他太太睡着了给我打这通电话。我从冰箱里取出一盒牛奶,尽量收起自己惺忪的恼怒,我把牛奶倒到杯子里后,端着牛奶在客厅的沙发上重重坐下。我以为他会讲很久,像是我的一些病人那样把他的一生掰开了揉碎了讲给我听。我背靠沙发,将一个垫子挪到我的腰后，又往后躺了躺。我明明准备好了听他说话，可他却用一句话讲完了所有。他不是要讲他的身世，他需要我帮他找一个女朋友。他又说，不需要一个真的女友，花钱雇一个人就行了，按诊所秘书的工资付给她。我揉揉眼睛说，那可要一个月五千刀。他说，没关系，这钱他出得起，请我一直雇到他太太临盆那个月。挂上电话后，我的那杯牛奶还没有喝完。我忽然意识到自己的职业不过是一出独角戏，自以为与病人走得很近，到头来反倒让自己变得像个病人。我经手过的病例，清早起床还笑语盈盈，下午就在华尔街某个大厦顶层跳楼自杀的，也不是没有。但我认识了他以后，第一次有了这样的念头——人生这条路需要一个人走，走得离你身边的人越近，越是想要结伴同行，就越走不到尽头。

我回到床上以后，一动不动地躺着。我试图回想在电话铃响起前，我究竟在做一个怎样的梦。但很快，我意识到我已经很久没有做梦了。我跟小时候那个多梦、喜欢说梦话、偶尔还在梦中磨牙的小男孩，已经判若两人了。我那时还常常跟自己聊天对话。这种情况在我被父母送到美国的寄宿学校以后意外地加重了。也是从那时开始，我整夜地读书，看哲学书，看心理学书，竭力想要修正自己身上不对劲儿的地方。同学们白天读书的时候，我在睡觉。我的生活与他们的相比，总是日夜颠倒。我突然十分清晰地回想起了我的父亲是如何像丢掉一个包袱一样将我送上了去美国的飞机，他永远都在跟他的生意伙伴聊生意。他转头离开我的时候，连招呼都不打一下，他不想再跟我闲聊一句。后来这一切都在我以全校第一的成绩考入哲学系之后变得模糊不清，仿佛记忆中这些过往都不曾发生一样。自此我不再在睡梦中一面哭嚎，一面把被子蹬掉，我不再做那些荒诞无常、激烈异常的梦。我不做任何梦了。

这样又过了两个星期，他还是没来参加集体治疗。我主动打过去找他，电话那头却是忙音。我发现我只能等他来联络我，就像雨天中等待天晴的大榆树，湿淋淋的雨点打到我的头顶、我的肩膀、我的四周，我任凭它落下，没有丝毫办法。榆树叶的影子像一个个黑色的小灵魂，杂乱交错地藏在每一盏街灯的灯柱脚下。还是在教堂街和墨雷街的拐角，一棵大榆树下，我遇上了雨中迎面走来的他们。他的太太先看到我的，她的手臂紧紧箍着他。然后他轻咳了一声，带着点羞愧地向我挥挥手。我们大概只聊了三句话。他提起电话的事，他说真不好意思，他太太的肚子一天天大了，他决定把手上的一切都放一放。说这话时，他看了一眼她的肚子，她的两只手在这目光的注视下反而将他勒得更紧。我知道，她从来都不喜欢我。然后，他说他不再去集体治疗小组了，让我替他向A、B、C问好。真可惜，我说，C上周还说我们应该在夏天来临前一起去他那儿钓鱼。他不动声色地看着我，接着从兜里掏出他的手机。这倒是提醒他，有些事要跟下属交代。他亲了亲太太的额头，把冲我说的话照说了一遍。她淡淡一笑，背着手跟着我往咖啡店走去。我们从教堂街的入口进店。镶着银把手的小铁门打开，又砰一声关上了。我让她先点，我站在她身后为她买单。就在等咖啡的这几分钟里，我发了一条信息。这条信息直接就是按照他刚刚给我的眼神，只有我明白他在想什么。取咖啡的时候，我看见他依旧一个人站在树下佯装跟谁打着电话。没过多久，一个梳着大马尾、穿一身碧绿色雪花呢长衫的白人女孩走到他的面前。我还知道那个女孩笑起来，嘴角有一颗红豆似的美人痣。因为我在跟她签雇佣合同的时候，把她整张脸都端详得清清楚楚。他现在站在那女孩面前，怔怔地看着她，手中的电话已经放了下来。正当这时，他的太太四面望望，像是在找咖啡店的出口。我故意走到她前面，引导她朝着墨雷街对开的那扇门走去。我始终帮她举着咖啡。她忽然对我说，这么多年过去，她已经很了解他了，谈不上喜欢更谈不上爱，只剩下一种苍凉的安宁，是一种没有感情的情感满足。她说，真羡慕我这样独身的人。我们一起朝着街的拐角走去。走出几步后，一辆四座小轿车挨着人行道停了下来。车里的司机摇下了窗，向我们问询中央公园怎么走。我告诉他三条不同的路，最快、最便宜和最能欣赏这繁花之季的三条路，他谢过我之后并没有回答他将要选哪一条。

我们四个相遇的瞬间，我找来的那个女孩正要去摸他的肩膀。她已经进入了"女朋友"的角色。可不知怎的，我竟然把手中的咖啡转身交给了孕妇。我大步流星地走到他俩跟前，咯咯笑着，笑得跟个白痴一样。接着，我快速挡在他的身前，女孩的手就这样落在了我的胸口。他的太太在这时慢慢靠近，诧异地望着我们仨，那表情仿佛正目睹我们在这棵树下发梦。我向他们介绍了我的新女友，并小声提醒她，搂紧我。她真的很听话，不仅照做，而且如藤条紧紧缠绕住一棵死树那样勒住我的脖子。这是我的女朋友，我又说了一遍。

我的脚底正下方是一个下水道盖子，隐隐约约有白烟从井盖的四周冒出来。咕嘟咕嘟的白烟，听起来真像个活的东西。这对夫妇还站在我们对面，直愣愣地盯着我看。他们分开站着，像是矗立在一个被人洗劫一空的山谷，没有回声，连喘息都没有一下。我身边的女孩挑起她弯弯的眉毛，拉起我向他们的反方向走。离开了那棵树的树影，好像我就不再在他的世界里了。深秋以后，我听说他们得了一个男孩。只不过，教堂街上的树叶全掉光了。入了夜，挂拐的流浪汉发出的声音分外清晰。世界随着这声音一道暗了下去。

出埃及记

//////

杰克和罗丝是一对小情侣。

在普罗维登斯这个平均年龄 60+ 的城市，没人真正在意年轻人的爱情。他们相识也是通过送彼此的外公、外婆进养老院，推着轮椅一前一后来到电梯门口。那部老式电梯只能装下一架轮椅。就这样，他们在谦让中认识了对方。杰克要了罗丝的电话，还去她打工的热狗店等她下班。他们像大多数刚认识的小情侣一样，漫步在普罗维登斯河沿岸。这条河像一把尖刀将这座城市切成两半——杰克说如果从高空上俯瞰，这个刀把就像是在给什么人"放血"。一周之后，他把她带到北城的一家汽车旅馆，用前两天刚领的上上个月的工钱开了一间单人房。这是杰克的第一次。他把她安置在床上以后，飞快地跑到卫生间冲了一个澡。他一个人久久地伫立在浮着湿气的梳妆镜前，用手指抹出了一个尖刀的形状，他听到她喊他名字的时候，又速速将那把刀改画成了一个勃起的男性生殖器。房间里的光线昏暗，床的一旁放了一个深红色的小沙发。罗丝在那个沙发上坐了下来，这时她已经脱掉了脚上的布鞋。他掖紧浴袍的领子走上前，跪了下来，帮她脱掉了丝袜。他们咯咯笑着上了床，她的手缓缓绕着探进他的衣服。他更紧张了，哆嗦着把手伸进她的上衣领口，然后又伸到裙子底下。在他踌躇着要不要进一步行动时，她按住了他的手，他们就这样僵持了几分钟。他害怕了，不知道为什么而怕，但是这种害怕令他那晚始终没有硬起来。

杰克的工作是废品回收员，他在南城的垃圾场上班，主要负责对垃圾车运回来的东西进行分流。在那些沾着人的各种体液的废品里面，他最喜欢床垫。白乎乎的，看起来很干净。他把这些床垫从车上卸下来，扛在肩膀上时，他就会想象到底有哪些人曾经在这个床垫上睡过，他们的肉体在这上面出过汗、睡过觉、做过梦，还做过爱、打过飞机、生过病，最后说不定死在了这上面。罗丝在那次不成功的"破处"之后，有好一段时间没有联系他。这让她的到来显得更意外更难得。杰克当时正在给一张新收回来的旧床垫编号，"089"，这是他这个月经手的第89张床垫。这些编号没有什么特别的意义。如果他有同事想要从他这弄走一张看上去还比较新的，他往往会同意，然后在编号上划去那个被取走的床垫。也是在这第89号上，他完全施展了他的性欲。自上次那件事过后，他一直以为自己有可能更喜欢抚摸男人或者被男人抚摸。但这次罗丝来找他，他却在这张沾了别人体液的旧床垫上将她推倒，他麻利地用手指摸索她的身体，抱住她的脸和嘴亲个不停。他是爱她的，至少他是这么说服自己的。很快，他的肉体开始让他有了感觉。他像发表获奖感言一般说着情话，他首先感谢了自己的父母，一对从垃圾场退休的职工，然后感谢了普罗维登斯市政府，没有大力推行的环保政策就没有这张神奇的床垫，然后他在将近高潮时才想到身下的她，他太开心了，身体聚集起来的兴奋让他哼唱着闭上双眼。

　　事情变坏时没有一丝征兆。杰克的一个同事过几天要结婚了，他还差一个床垫。这人头上长了一大块癞头疮，秃了的一边被太阳晒得红光锃亮，他向杰克要床垫的话也毫不客气，不要别的，只要"089"。杰克非常干脆地拒绝了。这块不行，他说。那时正值正午，垃圾场的仓库穹顶露出一线晴空。阳光直直地打在一些废弃的铝板上，从银白的铝板折射到杰克桌前的玻璃镜子，他忍不住用手去挡。癞头又重复了一遍他的要求。可杰克来不及反应，他还是专注地躲着那刺眼的阳光。癞头抢下杰克手中的笔，要在编号那一栏划去"089"。杰克这才反应过来，他突然身手敏捷起来，呼地一下抢下笔记本。癞头的脸在反光中变得愈发扭曲，他拽着杰克工服的衣领将他整个提了起来。杰克刚想辩驳什么，却被这人的一拳实实地打进他的嘴里。他们被人扯开已经是十分钟后的事儿了，发现他们扭打在床垫上的人还是罗丝。罗丝捂着嘴几乎要哭了，她听到他们的骂声越来越高，杰克从嘴里吐出两颗牙和一口鲜血，用囫囵吞枣的口音说：八十九，八十九，八十九。他用尽力气使劲一抓，想要抓住那只不停在他脸上挥拳的大手，但他没有成功。他嘴里的血和口水混合着流到了床垫上，然后围观的工友开始朝他们跑去，将他们团团围住再强行拉开，直到他们完完全全挡住她的视线。她哭了起来，泪水像山洪一样淹过她平淡无奇的苍白小脸。杰克见到她时，他的眼睛已经肿得什么都看不清了，他拉过她的手，喘着粗气站了起来。这时警察已经到了，他们走到杰克和罗丝的跟前，要求他们配合录一些口供。他们走了之后，两个警员抬走了那张乳胶表面新沾了些血渍的"089"。

  杰克出狱的时候，床垫已经不知去向。他在警局签名领个人物品时，收到垃圾场打来的一通电话。

他的上头告诉他，明天开始不用来上班了。他请求领导不要急着解雇他，整件事他都可以解释。打电话的男人有点不耐烦了，他最后撂下一句明白话，告诉杰克他打的是自己的亲侄子。他说不然这样吧，他可以取走那张"089"床垫，算是厂里对他的补偿。杰克回到垃圾场，那张原本洁白柔软的床垫被人泄愤糟蹋了，血迹上面又添了许多黑黑的脚印。床垫的一个角还被人砍掉了。杰克盯着它看了许久，最后叫来了一辆出租车。他废了好大劲才把床垫抬进出租车里。出租车司机一直坐在车里抽烟，对这脸上青一块紫一块的年轻人的行为无动于衷。杰克最后的一点儿钱也都花在这趟车费上，他下车时摸光了裤兜，还差司机两块钱。他抬着床垫横着往家门口走，一边喊着告诉司机稍等他一下。等他好不容易腾出手来打开家门，他发现屋里的所有东西都被拿走了。这是他在父母死后头一次夜不归宿，他没想到自己从警局回来后，家里连条家具腿都没剩下。一张能让他坐下来喝口水的椅子也没有，电视墙上留着黑黑的一条边可以看出这里曾经有过一个组合电视柜,沙发不见了,床也没了。他把"089"平铺在地板上,感觉这是他唯一拥有的一切。

那天晚上他和罗丝再躺在床垫上时,他发现他又变回了老样子,任凭她怎么撩拨他,他就是硬不起来。他没钱买面包和牛奶,只好每天清早从家门口的桃树上摘一些果子。那些桃子有的还是青的,咬下去会有酸涩的汁液冒出来。他们躺在床垫上吃桃子,把桃核扔在周围。很快,那些桃核开始腐烂,核仁上连着的薄薄的皮肉招来了许多苍蝇。在树上只剩下一个桃子的时候,他们吵了一架。家里什么都没有,他们的状态都很差——罗丝很沮丧,杰克一直在照着免费小报上的电话号码给小额贷款公司打电话。后来罗丝把自己关在厕所里哭,杰克挂断电话直接向厕所走去,他靠在门后,不说一句话。他就一直那样坐着等到她不哭了,她打开门以后,他对她说,咱们去找点钱吧。

罗丝先带杰克回了家。杰克见到一个高大黝黑、皮肤皱得一塌糊涂的男人。见到他时，这个男人正在地下室里摆弄一个遥控器。他称这是"信号屏蔽仪"。罗丝把杰克介绍给她父亲时，这个老男人完全不予理睬，他弯着腰专心鼓捣着他的仪器。一个不足二十平米的地下室，堆满了大大小小亮着灯的电子设备。他直起身时对着杰克按下遥控器的一个按钮，杰克身后的一道铁闸"唰"地一声落下。杰克吓得一激灵。老人仔细瞧了瞧杰克后说，跟我来，我有话跟你单独聊。杰克跟在他的后面，已经做好了最坏的打算。老人重新开启了那扇门，上到一楼之后给杰克倒了一杯黑咖啡。他叫他张开嘴。杰克照做了。老人瞧着杰克的嘴问，你怎么少了两颗牙。杰克思考了一下说，上学时打架弄掉的。老人用狐疑的表情打量着他，喝起了咖啡。杰克顿了顿说，上周被同事打掉的。我女儿知道你被人揍的事儿吗？他问。是啊，她知道，还是她帮我报的警。杰克说。操他妈，看来她是真心爱你了。老人接着说，如果你抛弃了她或者让她不高兴，我会拔掉你剩下的牙，你听明白了吗?老人说这话时,眼皮上的褶子耷拉下来与眼睑连成一片,比黑帮教父看上去还要严肃可怖。杰克当场发誓他绝不会离开她,他要努力挣钱让她过上好日子。他们的谈话结束之后,罗丝走上来,喝掉了杰克没敢动的那杯咖啡。她在离开她父亲之前,在老人哈皮狗一般的脸上亲了一下。她再次挽起杰克的胳膊时,杰克感到什么东西夹在他们之间。罗丝在确定远离了她父亲的视线后,松开她的胳膊,一个遥控器模样的东西从她的腋下掉了出来。他们随便按了几下后发现,周围几百米内的私家车相继发出嘟嘟的声响。他们俩相视一笑,马上意识到这是个好东西。

他们没有选择家附近的地方下手,而是来到一家大中华超市的停车场。一连几天,他们都用这个干扰器顺利打开一些车的前门。他们将手套箱和座椅缝隙储物盒里的钱统统塞进从停车场空地上捡到的白色塑料袋。这些钱大多是零钱,车主留着买咖啡、加油或者给过桥费的。一天下来,他们只能捞到不到五十刀。尽管如此,他们还要提防从超市走出来的路人,一个个筛选、判断他们是否是"正在作业"的这辆车的主人,而且要根据他们的眼神预估他们的行走轨迹。

周五下午,这是他们这周最后一次"出工"了。除去伙食费和水电煤气费,他们还需要三十刀就可以买上两张周末档的电影票,如果这天结束能有五十刀,那么他们就能买两张带爆米花和汽水的那种套餐。太阳沉沉地落下,好像不久就会有雷雨。他们急忙按下干扰器的红色按钮,距他们最近的一辆黑色本田的车灯随之闪了一下。这时,有一家四口经过他们身边,他们慌乱地瞅瞅彼此,分别开开车门一屁股坐了进去。杰克与罗丝,驾驶座与副驾驶。罗丝慢慢打开副驾驶座上方的手套箱,兜好塑料袋等着钢镚自己掉出来。这时,那家人已经走到车头,他们提着大包小包,热闹地说着广东话。等他们就快要走到车尾时,那家的小男孩忽然啪地一声贴在车窗上,往车里看。这时杰克和罗丝似乎从恍惚出神的状态中突然惊醒,他们从前座跳到后座,在一秒之内快速抱在一起,接着他们疯狂地抚摸着,互相亲吻。他们心里懊恼极了,生怕这些路人指认出他们的真实身份。"小偷!"这是他们最怕听到的词。这种害怕,加剧了他们的恼怒。杰克开始在后座上对罗丝动手动脚,他撩起她的裙子。罗丝也不甘落后似的解开杰克的腰带,她的手顺着他的腰一直往下摸索。那家的父母发现了这个落后的小家伙,顺着孩子的目光瞥了一眼之后即刻将他抱走。小情侣还在后座上抱作一团,吓得不敢动。孩子走了很久之后,杰克才缓缓松开罗丝,他靠在车座上喘气。然后罗丝笑了,她又亲了他,因为她发现他竟然有"反应"。

一段非常有韵律的节奏,如果不是被人打断,他们应该可以就这么畅快地做一辈子的爱。当杰克感到自己已经忍不住要"用种子填满她"(这是罗丝快要高潮时提的要求),他呻吟了,同时他听到有人敲了敲后门的车窗玻璃。又是一个小孩。一个中国小男孩，看起来七八岁左右的样子。他身后站着一个中国女人，应该是他的妈妈。这个女人的手肘提着熟食，两只手从塑料袋顺下来搭在小男孩的肩膀上。男孩把一个魔方塞进裤兜里，接着把指关节掰得咔吧作响。杰克满脸通红，一边让罗丝穿上内裤，一边不停地去够放在前座的塑料袋。那个女人推开小男孩，两条圆圆的胳膊支在后窗上，一动不动地盯着他们。杰克的两只手交叉在腰后，他紧张地搓起手来。这时，罗丝将一个冰凉的硬东西塞到他手心里。他猛地转头一看，然后惊诧地望着罗丝，声音颤抖着说，你从哪儿搞来的这玩意？那是一把黑色的左轮手枪，枪身上下只有手柄那块有一道银边。罗丝说，往前看，先想办法把他俩打发走。那个母亲带着小男孩还站在原位，女人似乎若有所思，孩子面无表情。他们就这样僵持了一阵，直到小男孩要从口袋里掏出什么东西，杰克一下从身后亮出了他的枪。那一刻他们四个同时闭上了眼睛。小男孩其实还睁着眼，但也被他妈一巴掌遮住了。没有动静。杰克迟疑了一下后推开门，他脱下大衣遮住那把枪，用枪对着女人的脊梁骨，就这样他们母子非常不情愿却也无可奈何地上了车。罗丝往右腾了地方，小孩坐在中间，最后上来的中国母亲闭着眼关上了门。小男孩问罗丝，我可以玩魔方吗？罗丝看了一眼正推开驾驶座车门的杰克，杰克没说什么，于是她点点头。魔方在小男孩的手里咔嚓咔嚓地响动，杰克发动车子之前正了正后视镜，他清楚地看见那个母亲正抬眼听着小孩发出的声音，接着她严厉地对她儿子说，你能不能安静一会儿？然后杰克的目光又回到罗丝身上，他用眼神在责问她这把枪究竟是哪里来的，可她却扭过头看向窗外。杰克说，或者轻声嘟囔了一句，那（那个"那"很长）……我们出发了。

杰克很快就明白了，这两个人并不是恰好路过。中国女人正是这辆本田车的主人，这是她离婚后分得的唯一一份拿得出手的财产。这辆车当时是她先生结婚时分期付款买的，等到八年过后，他好不容易还清了贷款,他也正式向她提出分居。没有什么过多的解释,没有外遇。至少她先生是这么对她说的。她的要求也很简单,只要儿子的抚养权。她签字之后,他把车留给了他们。房子是租的,他说他会继续租下去。他走的时候只拿走了一些地球仪(他是一个地质学家),留下了各种各样的魔方。这就是有关她所有的故事,由她儿子扭着手里的魔方波澜不惊地讲着。她几乎不讲英文,所有的话都由她儿子代劳。罗丝告诉小孩,不讲英文没什么大不了的,她的家人最早也是从魁北克农村一路辗转到新罕布什尔,再后来"降落"在罗德岛这个全美最小的州。男孩问罗丝,那你的祖先也讲普通话吗?不,但是就像你妈跟你说话我们都听不懂那样,我祖母跟我说话我从来都没有明白过。罗丝接着说,到了六岁,我开始上家附近的教会小学时才学会流利地说英语,六岁以前我是一个什么都不会讲的小傻子。杰克问,这些事怎么从没听你提起过?罗丝瞥了一眼他说,你不是也向我隐瞒了你的童年吗,你妈把你扔给你外公，然后跟着一帮吸各种东西的人走了。不，杰克扭了一下方向盘说，不是这样的，我不知道你从哪儿听来的，我妈只是有一次服用安非他命过量，引发了静脉炎，后来被一群瘾君子送进了医院，她并没有跟他们一起吸，看在上帝的份上！

汽车顺着95号公路一直开到西格林威治村时，油箱的预警灯亮了起来。杰克不得不就近拐进一家加油站，他让罗丝拿着钱下车加油。罗丝问他，为什么不是他去做？他说他没有驾照，万一被发现又要被送进去。好吧，罗丝叹了口气。他们周围没有一辆车，只有两个穿着制服的加油站员工立在站内的小超市门口抽烟，就在罗丝给车加油的这会儿工夫他们各自连抽了两根，然后把一包皱巴巴的烟盒从一只手传到另一只手上，杰克和罗丝都能听得到他们传烟的声音，还有哈哈声、呵呵声和夜深了以后草丛里时而传出来的虫鸣。这时，小男孩从里面打开车门。杰克马上机警地转头问，小东西，你想干吗？我妈妈想上厕所，他说。接着他身边的中国女人点点头。杰克说，去可以，但需要有罗丝在旁边陪同。罗丝放回了油枪，带着女人往小超市那边走了。车上剩下杰克和小男孩。杰克问他，是在这里出生的吗？是，小男孩说。再具体一点，杰克说。嗯，就是在罗德岛医院的妇产科，某个同时放了几十个婴儿的普通病房。哈，你就没想过她不是你的亲生母亲，你的生母另有其人吗？他怕自己解释不清，又说，我的意思是，很多人都会抱错自己的小孩，要知道婴儿都长得差不多。我妈不会，因为那个房间里那天出生的小孩中只有我一个是黄皮肤的。哦。你呢，你有没有想过离开这里？我吗，没有，我的朋友和家人都在这里，我不觉得有什么一定要离开的理由，也许有过一次，酩酊大醉的时候会想想假如自己搬到纽约去了会变成什么样。小男孩又开始扭他的魔方。咔咔咔咔。杰克伴着这声音说，我现在觉得有一张属于自己的床垫就足够了，跟那些流浪街头只能蜷缩在一个涤纶睡袋里的人相比，我已经很幸运了。小男孩说，我也就快要有一张小床了，我妈这月领了工资之后就去二手家具公司帮我买回来，她定金都付好了。说说你的床，那是一张什么样的床？特别好看，榉木做的，有个高靠背，上面还用白色的油漆画了一个米老鼠。不过现在可能有点困难了，小男孩说，你们绑架了我妈妈，如果她周一不能按时上班，月底就拿不到工资，那张床也就泡汤了。他们同时沉默下来。过了一会儿，杰克从后视镜看到罗丝她们回来了，手里还捧着一个牛皮纸袋。罗丝向一个对着她吹口哨的加油工打听了去纽约的路。他们聊了几句后，那人转身指使另一个叼着烟的店员把地上的一把油枪重新插回油箱。我们什么时候要去纽约了？等罗丝上车之后，杰克这么问她。罗丝摸了摸小男孩的头发，分给他和他妈一人一个沾满糖霜的甜甜圈。杰克往后座瞥了一眼说，我也想要。不好意思，我的钱只够买三个。罗丝说。小男孩掰开他的那块，想分一半给杰克，却被罗丝挡了回来。罗丝说，别理他，他不饿。

接下来一个小时的路程，杰克没跟罗丝讲一句话。事实上,他谁都不想理。他偶尔向窗外看看,月光正照着烟蓝色的夜空,没有一辆车与他们擦身而过。他们也许走错路了也说不定。他再看了一眼天空上幽幽飘荡的薄云,觉得这云缥缈得根本不像是在美国。你说说我们为什么要去纽约?杰克这是在问罗丝。可罗丝却在后座上睡着了,她和小男孩的脑袋像挡风玻璃的雨刷一样偏向两边,看她的样子应该已经睡着好一会儿。后排只有中国女人还醒着,她跟杰克一样,眼睛注视着窗外。杰克转头对她说,你也想去纽约吗?那个女人垂下了眼睛,先是摇摇头,然后又快速更正似的点点头。杰克接着说,你不用怕,我就是随口一问……下午在停车场我不该那么对你们,我当时……哎,我也不知道我当时在想什么。那个女人想了想,然后用不太流利的英文说,那杆枪是真的吗?杰克摸了一下裤兜的枪把,刚想说什么,舌头却卡在嘴唇后面动不了。女人从她自己的熟食袋里抽出一个卤鸭脖递给杰克。杰克扭头看了看那个酱红色像块骨头的东西,缩了一下脖子。女人解释不了鸭脖子究竟是个什么东西，杰克又不愿推辞她的好意。他接过之后用右手端了十几分钟，走过了几段坡路。直到他眼皮开始打架，他才发现手里的那块鸭脖子已经掉在副驾驶座位底下。窗外仍旧是一望无际的茫茫月色，连一个可以上厕所、吃东西的休息区也没有，甚至没有一条多余的停车道。他又撑着开了一段路，迎面而来的路标上不断显示着"前方500米——艾达旅馆 给你家的享受"，像是什么人在提醒着他要停一停。他看着"艾达"这个字下面还划了一道线，来不及管罗丝是否同意，就把车驶向了那里。

艾达旅馆的门口斜斜地挂着一个霓虹灯牌子，上面写着"OPEN"（营业中）。杰克推开门走进去，看见了第二块牌子"RECEPTION"（接待处）挂在前台的正上方。他正要上前去查看的时候，前台桌子下忽然钻出了一个脑袋。那是一个满头银发的女人。她穿了一件斜排扣的俄罗斯衬衫，外罩灰色毛线开衫，霓虹灯光无情地照在她苍老下垂的脸上。

她抬了抬夹鼻眼镜，瞥了两眼杰克之后才开始把她手边的记账簿慢慢拿出来。杰克的眼睛落在她依稀灰白的鬓角上，他问道，一个房间住一晚多少钱？老太太端着那个记账本仿佛仍旧在听一般，闭目而坐。这时，罗丝他们走了进来。老太太快速地扫了一遍来的人，说，四个人得开两间房，一个房间一晚一百块。一间房，我们能住下，杰克说。先交钱，老太太说。杰克回头望望罗丝，罗丝瞪大眼睛跟他唇语说，太贵了。八十块可以吗，我们明天一早就走。那个老太太听后在记账簿上写了几笔，最后问了一个问题——那个女人是你们的监护人吗？你们仨都是她的小孩，还是怎么样？杰克很快意识到这老女人似乎看出了他们四个的奇怪，她鹰一样的眼睛下面隐藏着敏锐的直觉。他再次回头求助，目光落在小男孩身上。小男孩正把魔方叠起来放在他的胳膊上，接着他忽然明白了什么，走了上去并同时拉起杰克和罗丝的手。他们是我的家人，他说。老太太凝视着看了他一会儿，慢悠悠地转过身从墙上取下一串钥匙。她摆摆手让那个男孩过来取。她在他的耳边小声嘀咕了一句话。杰克放下八十美金的时候，谨慎地观察着这两个人。等到他们四个转上楼梯，杰克立马问小男孩道，刚才那个老女人跟你说了什么？小男孩从他身后蹿了过去，跑到罗丝和她妈妈中间，然后回头告诉杰克，她告诉我，房间的冰箱里有一罐蔓越莓汁。

第二天早上，杰克冲了个澡之后就下楼去还钥匙了。他穿着昨天的那条牛仔裤，裤兜里还别着那把枪。如果他不是坐着，就几乎想不起来那把枪的存在。他来到前台的时候，那个老女人正在熨一份《沃灵福德早报》。杰克跟她道了声"早安"，接着问她能不能借来看看那份报纸。只有吃早餐的客人才有报纸读，她说话时眼睛抬都没抬。早餐多少钱一份？杰克问。五块一个人，你们四个人总共二十块。杰克说，那你要送我们四份报纸。老太太说，一桌只有一份。这里只有半自助早餐，杰克交了钱之后就后悔了。罗丝听说杰克自己掏了早餐的二十块钱，使劲瞪了他一眼。

　　整个餐厅只有他们一桌客人,厨房里负责给他们煎蛋、做西式蛋饼和烤火腿的只有老太太一个人。小男孩还在喝他昨晚从冰箱里取出来的那罐果汁,他把吸管嘬得细细窄窄的,不时发出呲溜的声音。他的母亲还拎着那袋熟食,她又倒出了一些酱鸭脖、卤猪蹄在盘子上,这次还分给每个人一点儿酱牛肉。杰克盯着那鸭脖发怔,正当他找不到恰当的理由再次拒绝这份好意时,旅馆外面响起了警笛声。杰克一个哆嗦站了起来,他抬起白色百叶窗的一边,透过缝隙往窗外看。没过多久,他怒不可遏地冲到厨房里,把那个正在煎蛋的老太太拎了出来。说,是不是你把警察找来的!杰克问。怎么可能,我不是一直在厨房里忙活吗?听声音,那老太太快要哭了,她的双脚不停在空中扑腾。你先把她放下来,能不能不要表现得像个智障一样,我们现在要想的是怎么摆脱警察!说着,罗丝也站了起来。小男孩和女人也有点紧张,男孩一直在往妈妈的怀里躲,而他妈妈已经坐立不安,她跷着一条腿,摇晃了一阵,又换了另一条腿跷。我想那些警察是来找我的,每天早上他们都来我这取免费的报纸,你放我下来,我去把他们打发走。老太太央求道。不行,谁知道你会不会出卖我们,何况你已经出卖了一次!杰克咬着牙依旧死死攥着她的上衣领子。放了她,杰克!罗丝提高了嗓门,又腰瞪着杰克。杰克深吸一口气后,忽然松了手,那老太太完全没反应过来,重重砸在地上,她的右脚踝着地,随之她发出了一声异常痛苦的短叫。正是那声称不上尖叫却也非常刺耳的声音,引来了正在门口停车的警察。杰克从餐厅门廊向外窥探,这是两个大腹便便的中年警员。老太太说,他们是杰夫和托尼,沃灵福德镇的片警。你去跟他们说。说什么?就说你没事。可我现在脚扭伤了,难不成你要我爬着出去跟他们说?罗丝在老太太身旁蹲下,撩开她的裤腿帮忙查看。脚踝处果然红了,但是他们都没想到的是,这个老人家干树皮一样的肌肤上本身就有一个特别明显的旧伤——像刀把一样的疤清楚地刻在她小腿上，也因为这个看起来很深的伤口，她本身走起路来应该也是深一脚浅一脚。换句话说，她是一个跛子。老太太马上遮住了自己的疤，她厉声说，这不关你们的事儿！说着她摇摇晃晃地站了起来，她在走出餐厅之前拽上了罗丝，然后勒令似的让包括杰克在内的所有人都躲到后厨去。杰克有点儿慌了，他疯狂地冒汗说，你不是要跟我们同归于尽吧，你可别忘了我有枪……他正准备掏枪，罗丝回头意味深长地看了他一眼说，没人要举报你，杰克，求你了，能不能成熟点。

　　罗丝挽着老太太走出去的时候，一个警察正把衬衫上衣往裤子里掖，他跟老太太主动打了招呼，问她，沃森太太，您这是怎么了？托尼，我很好。沃森太太说。这时，另一个胖警察从窗户下的单人沙发上站了起来，他手拿报纸抓了抓裤带，看见罗丝讨好地咧嘴笑笑。接着他问老太太说，这是您的孙女，怎么以前都没见过？老太太绕过他们，回到前台后面的凳子上。她一动不动地坐了片刻，然后站起来，问两个警官，还有什么事吗？能来一杯咖啡吗，胖一点儿的那个问。今天咖啡机坏了，罗丝就站在老太太的一边说。这位大概是沃森小姐吧，你可真漂亮，希望我明天再来的时候你们的咖啡机修好了，我们想喝一杯你亲手做的咖啡。胖子看了一眼他的同事说。老太太转过身抽出两张熨好的报纸，交到他们手上。我已经有了，胖子挥挥手里的报纸说。另一个已经走到门口，他回头对着罗丝露出个淡淡的笑容。他说，咱们明天见。目送他们上车以后，老太太满脸通红，喘着气，一会儿望望车道，一会儿又看向餐厅，然后她嘀咕着对罗丝说，你不用理这些家伙。

再上路，他们费了一些劲才回到95号公路。杰克带上了沃森太太，他不知道自己为什么这么做，也许是对她报警的惩罚，又或者是为了指路。因为沃森太太是他们这群人里唯一一个去过纽约的人。她的前夫就是一个纽约人，在曼哈顿上城有一间三室一厅的公寓。

他们的车驶过幽深的树林、僻静的小路和重重河岸，路边闪过"米尔福德""布里奇波特""诺沃克"这些地名。高速公路绕着一些小镇的边缘转，他们只能看到一些颜色一致的建筑物和没有人的房子。沃森太太的话变了多起来，她好像太久没有看到这些小镇了，她说她刚结婚那会儿把整个新英格兰地区都逛遍了。她和她先生挑来挑去，最后才决定在沃灵福德安顿下来。为什么是沃灵福德？罗丝问。我先生说这里有个全美最好的骨科大夫，可以治好我的脚。沃森太太指着快速驶过他们视线的荒野中央的一辆卡车说，他们曾经也有这样一辆绿的小卡车。他先生会在夏天带她到河海相交的山谷腹地，他们会在土路消失的树丛里坐下来野营。听上去可真好，我也想有这么个属于我的"沃森先生"。罗丝说。你在说什么蠢话，你不是已经有了吗？杰克说。后来呢，罗丝继续问，真正的沃森先生去了哪儿？沃森太太摇起了车窗，没有回答。一辆小卡车从他们后面夹道别了过来，杰克紧握方向盘，使劲扭了一把。杰克不甘示弱地在下一个弯道超车了，他跟卡车司机并排开了一会儿，朝着对方竖起中指，走的时候还不忘按几下喇叭。罗丝问车上的女人们，男人是不是都这么混蛋，非要争强斗狠？大家都听着，不去搭话。中国女人抿着嘴笑笑。沃森太太从口袋里掏出一颗糖果递给小男孩。

他们要过河了。沃森太太告诉他们，这不是河，这是海，只不过是北大西洋的一个分支。杰克坚持说这是河，他说这跟他在罗德岛见到的北大西洋完全不一样。后来，沃森太太妥协了，她说怎样都行吧。她唯独坚持的是，今天早上不是她打电话叫警察来的。沃森太太说这话时，双手抓着她副驾驶座位上的安全带。杰克用她的方式回复了她，就这样吧，怎样都行吧。接着，他从后视镜里看到小男孩僵坐在后座中间，不敢动。他马上意识到，这件事可能跟小孩有关。但他忍住了，没有直接向这孩子发难。过河以后就是斯坦福德，这里离纽约只有四十多分钟的车程。杰克把车开进休息区，大家都下车之后，他跟在小男孩的身后去了男厕所。他们对着墙撒尿的时候，他对身旁的这个小男子汉说，我以为我们是朋友，我不希望是你做的。小男孩摇头。杰克迟疑了一下，然后耸耸肩说，好吧。当杰克回到车上以后，小男孩默默走过来敲了敲他的玻璃。小男孩的手臂靠在车门上，脸贴近车窗说，我只是担心我妈的工作。杰克摇摇头笑了笑，看了眼公路，又回过头来看着他说，别担心，如果你妈真被开除了，我会送你一张床垫。我想要我的床。那好，一张床加一个床垫，等我们回去了。真的吗，你保证？我保证。他们拳头对着拳头击了一次掌。这时，罗丝背着沃森太太从厕所走了出来，中国女人跟在后面扶着沃森太太的后背。这三个女人仿佛是一家人，祖母、母亲和还未成年的女儿。她们仨有一种杰克从未体验过的安静、从容的感觉。

　　汽车再次发动的时候，他们每个人都有了一点儿变化。车里的几个人，除了杰克之外，现在已经可以任意开对方的玩笑了。罗丝管小男孩叫"魔方小子",小男孩管老太太叫"蹩脚老板",小男孩的妈妈爆料说她儿子最近在学校喜欢上一个新转来的女孩……后来,老太太说,如果她的孩子还在,也应该像中国妈妈这么大了。她们停了下来。过了一会儿,还是在过河的时候,她们开始讨论生孩子哺乳的事。沃森太太说,在她那个年代,女人生小孩就像生马驹一样,医生才不管你究竟有多疼,那些男医生一早就铁了心相信再疼你也会把孩子生下来。医生的唯一职责就是把孩子抱给她喂奶,然后这小东西会立刻咬住她的奶头。这根本都不用教!车上的人都笑了。

沃森太太之后说的事儿就不那么让人开心了。她说她的小孩非常漂亮,生了一头亮晶晶的金发,那孩子吸奶的时候眼睛温润、神色柔和,不像别的孩子那样会发出贪婪的怪声。她总是特别安静,好像她从小就知道不要给父母添乱似的。沃森先生很喜欢这孩子,尽管沃森先生本人是个有些清高的人,但他从不冷漠。其实,这样的人是最好的,他骨子里很热情，但是特别强硬，表现得好像他对谁都很讨厌。杰克说，他觉得自己跟沃森先生很像。沃森太太没有理他。罗丝从后座拍拍沃森太太的肩膀，她还是无动于衷。所有人都发觉沃森太太的不对劲，她开始就着一个话题不停打转。她再没展开去讲之后发生在她孩子身上的事，她只是在绕圈子。她时而回到沃森先生那里，讲他为人如何正派，除了会对她的厨艺冷嘲热讽，几乎挑不出什么别的毛病。他们有了孩子之后，他承担起养家糊口的全部责任，同时他们开始周末去教堂了。他帮她在教堂管理委员会找了一份工作，她还成为了教堂妇女小组的成员。在每周一次的祈祷会上，她会领着沃灵福德镇的女人们为她们的生活祷告。她们念叨最多的还是自己的先生和孩子。这样一个她，怎么就有那样的厄运降临在她的身上？她忽然全身哆嗦着哭着说，每一个字都带着能量从她佝偻着背的小小身体里倾泻出来。

杰克皱着眉头不知所措，说实话，他从没见过任何一个人这么伤心。他甚至开始怀疑,"绑"沃森太太上车是不是一件正确的事。他正想着,汽车突然剧烈地抖了一下,像人打了个趔趄,然后发出一声哀嚎,晃了一下,才缓慢停下来。他赶紧下车查看,罗丝也跟着下来了,他们一起打开车前盖的时候,一股呛鼻的浓烟冒了出来,他们用手挥散掉浓烟后,罗丝频频摇头。汽车水缸爆裂,看来一时半会是走不了了。罗丝向中国妈妈要了这辆车的保险电话,可保险公司的人说他们现在已经在纽约州境内了,他们公司只负责罗德岛州内的拖车服务。罗丝又打了几个电话,打到第三个的时候,她才意识到今天是礼拜日,汽车服务公司都放假了。杰克也傻眼了。车里的三个人呆坐在闷热的车厢里,热得大汗直流,一筹莫展。最后是沃森太太帮忙打了两通电话,找了她的警察朋友(就是每天早上都去她那取报纸的两个人),让他们帮忙联系一辆拖车。她放下电话之后,叫所有人都下车站好。

就在他们抛锚之处的附近,没有一棵树,只有一个印着巨型床垫的广告牌。所有人都同时看见，那块大广告牌下面有一片阴凉。小男孩正想拉着他妈妈穿过高速公路，往对岸的广告牌走，却被沃森太太厉声喝住，太危险了，你们，臭小子，你和你妈给我站在原地，不许动！没有人能想象得到，一个跛脚驼背的高龄老人可以走得那么快。她似乎在那一刻倒转了时光，变回了一个年轻人。她健步如飞地走到那对母子身边，像牵着她的孩子一样，稳稳地牵着他们的手把他们送到阴凉下。下一个来回轮到杰克和罗丝。老太太牵起他们的时候，罗丝问杰克他怎么样，杰克说他这么长时间来第一次觉得自己的头脑是清醒的。哦，看着你们俩吵吵闹闹的，我就想起了我年轻的时候，生活本来就该这样。沃森太太说。

一整个下午，这段路上的车很少。半个小时过去了，只有不到十辆车经过。小男孩把他妈买给他的那一大袋熟食全部贡献了出来，这回杰克没有拒绝那些酱鸭脖，他还吃了一些猪蹄和鸡爪，都是他从前听都没听说过的东西。小男孩的妈妈用很慢的英语告诉沃森太太，这辆车比他儿子的年龄都大，她还记得它从前也坏过一次，那时孩子他爸还在她身边，他用短接线板打着火发动了车。小男孩的妈妈又把孩子揽入怀中，说了更多这孩子小时候的事。她还说到自己的家乡，每年有多少人都要来美国务工，几万到几十万不等，宁愿冒死也要来美国做个"中产"。这些人中有的走海路，有的走陆路，少则半个月，多则三四个月，还要辗转东南亚和西欧。好在你来了，而且还有了这么一个可爱的儿子，沃森太太说。接下来，他们几个人继续在广告牌下等待，聊了很多，聊起了从现在这个地方到曼哈顿市中心的无数条路。沃森太太说，在我看来，你们都还很年轻，路还长着呢。就拿这条 95 号公路说吧，她说，北达缅因、南通佛罗里达，长到你都不敢相信。我一辈子都不可能徒步走完这条公路。杰克说。如果我陪你的话，不知道会不会走得快一些？罗丝问。

警察到来之前，杰克问小男孩，这次他还会不会报警。小男孩把魔方从口袋里掏了出来，交到他的手上说，这次他会告诉警察叔叔，他们是朋友。收下魔方之后，杰克笑了。他伸出手说，朋友你好，我叫杰克。小男孩说，嗯，朋友你好，我是陈明，你可以叫我小明。后来，两个带着厚厚大盖帽的警察从一辆车上下来，后面还跟着一架拖车。警察检查完车辆，向他们逐个登记了个人信息。他瞄了一眼杰克裤兜里的枪把，撇嘴笑着说，这种假枪不管用的，真要碰上坏人了还得完蛋。杰克飞快瞅了一眼罗丝，罗丝的脸"唰"一下红了。很快，他们的故障车被拖走了。小男孩和他妈妈也跟着警察上了回罗德岛州的警车。杰克跟小男孩告别的时候，趴在他窗边问他，你确定不去纽约了？那里可有很多电影院和游戏厅，数不清的好玩的东西都跟镶了宝石一样流光溢彩，可能还有限量版的魔方，你确定？小男孩露齿笑着，之后给了杰克一个结实的拥抱。

公路上车多了起来，正是路人匆匆赶着回家吃晚饭的时刻。杰克带着罗丝和沃森太太上了他们沿路拦下的第三辆车。前面拦下的两辆都因为不顺路拒绝了他们。开这辆车的是一个头发斑秃的银发老头（虽然只能从他后脑勺稀疏的几根发丝分辨出来他的发色），他告诉他们，自己正要回纽约。这次，杰克和罗丝坐在后座，他们让沃森太太坐在副驾驶。在后面的半个多小时里，他们听着这两位年纪相仿的老人聊得投契，心里竟然盼望起堵车。他们听这老头讲起自己三十年前丧偶的经历，终于听到沃森太太说起自己不愿提起的往事。沃森太太说，四十五年前的一个夏天，她和沃森先生带着小女儿来纽约玩，就是差不多行驶到这里，被后面一辆大卡车追尾。肇事司机疲劳驾驶，天晓得他为什么三十多小时都不睡觉……这次她没有哭。她只是停顿了一下，好像一只疲倦的鸟儿终于找到了栖息之所。最后，她解开了安全带，她说她想在这儿下车。她不去纽约了，她想去看看她的家人。驾驶座上的老头明显有些着急，他紧握着方向盘不知如何是好。他们眼看着就要排队上林肯大桥，过了哈德逊河就是曼哈顿了。老头情急之下抓住了老太太的手,他就这么握着,什么也没说。远处桥下的灯忽然亮了,原本漆黑一片的黑暗世界渐渐闪烁起来。杰克看着那景色愣住了,然后他在罗丝的颈窝里吻了一下——比他们所有做过的爱加起来都要热烈、澄澈,罗丝好像明白了他的意思,她打开车门,牵着杰克的手走了下去。他们站在桥上向这对老人家挥手道别,他们祝他们,幸福。

//////

字 幕

//////

生活在城市,你不能没有工作。尤其是在像纽约这样的超级大城市,你忘记刮胡子出门都有可能被当成是失业者,你可以说你是一个住在布鲁克林的艺术家,可这并不能让追名逐利的人因此而正眼看你。

我上班的公司在华尔街,它一直保持着"只出不进"的规矩。因此,我的辞职让我的主管经理林肯更加诧异。这个美国人反复跟我确定,"You sure?(你确定?)"他的言外之意是,如果我现在离职,让我在美国立足的H1B签证也就打了水漂。我进他办公室之前"哐"的一声撞上他的屏风,这吓了他一跳,以至于他打量我的时候还以为我在"诈"

他。他的眼睛一会看向我，一会滑向我身后的屏风，在他就要提起加薪的事时，我告诉他，我连在时报广场租的公寓都退了。"你想好了，灵玉，我向来是喜欢你的，"他说，"好吧，我得去开会了，老板找我。你也许该把公司楼下的信箱名换一下。"

信箱上有我的名字，"Ling yu Qin（覃灵玉）"。

纽约下了三天雨。第三天的傍晚，我路过曾经住过的那幢公寓。悬在暮色里的街灯在雨中亮了起来，时报广场上的灯牌每一块都投下一个倒影。我拐进第42街，影子没有追上来。这时，我收到了他发来的信息。自从他住进我的公寓之后，我们每天早、中、晚都有联系。他发了一张从我的卧室拍摄的街景照片，照片的角落里一个打着黑色折叠伞、穿卡其色风衣的女子就是我。我始终觉得我们之间有种用语言说不清楚的东西。我骗他说，这个房子是我纽约一个朋友的，她现在回国了，正好空着。

城市中没有一个影子是免费的。大到帝国大厦，小到广场上的一块方砖，一道边，一个角，都有它的价格。他初来乍到，待久了就会习惯这里的冷漠，喜欢上这种冷漠。纽约人甚至都不怎么谈论天气，好像早已习惯了没有太阳的日子。这时，他刚好发短信过来，告诉我他正准备去吃饭。我向他推荐了我常去的那家咖啡店，必点的是他家的招牌——蓝莓派。趁热吃，蓝莓裹着枫糖浆从派的顶端流下来，流到满盘子都是。那种甜需要舌头配合着把胃里的欲望都勾出来，留下一个大洞等着被糖浆填满。他说他照我的推荐，已经点了这道"镇店之宝"。

他上周来找我的时候，丝毫没有提字幕组的工作。他起了一个头，问我最近过得怎么样。接着，整段对话就由我来主导，我既紧张又焦灼，语无伦次地说了一些关心他的话，却都避开了对他的直接关心，始终在问他室友的事。即便聊天的时候，我只能看见一条对话框，但我从时断时续的回复看出他的难过，他仿佛面对着我点点头，垂下睫毛浓密纤长的眼睛。他是该不好意思啊，换作是我，向一个素未谋面的人提出这样的要求也会觉得难为情。

他问:"你在纽约有金融圈的人脉吗?我想换个环境重新开始。"这句话在我的脑海里翻腾了无数遍。我幻想着他真的来了纽约——一个穿浅灰色西装的瘦高男生坐在我家街角的咖啡厅,他看到我,他在我的对面坐下,我们一言不发地看着彼此。

最近一次拉轴,我发现时间之于我的意义发生了改变。

我开始模仿剧中人的说话方式,研究他们的神态、动作,我将他们身上最好看的部分用想象力截取下来,再拼贴在一起——他理应有一张教人安心的方脸,尖尖的鼻头与稍微隆起的鼻梁之间呈一道好看的弧线,他细长的睫毛就像他的手指一样,符合他这个人执拗冷酷又柔情似水的性格。我做完了基本的翻译之后,就会用他的时间帮自己做一遍校对。一些难翻的短句,例如"Waltz with me",我的粗翻是"与我共舞",但我再用他的眼过一遍时却改成了"与我打交道"。哪怕是最优秀的字幕组译者,也很少有一个人扛下一整套剧的。我就这样做了,而且乐此不疲。我翻得很快,希望电脑上的时间轴可以比现实时间更快,这样,我就能预计他在什么时间上线跟我打招呼。如果一个人没有肉体,将她的全部寓居在时间轴上,那么她是否可以超越时间的限制?越过时间,一桩桩小事静静消失了,他在我心中的形象越来越具体。

在字幕组这个圈子里,成员的真实身份都属于机密。他可以是一名中国留学生,一个来自皇后区的家庭主妇,或者一条会听英文会写中文的狗。我从没问过组里其他人的身份。一部剧集出来之后,我们组里的成员都像秃鹫捕食一样争先恐后地打开下载账号,用一个每分钟都更新域名的海外服务器下载自己喜欢的片子。因为有时差,我总是最后一个才登入账号的,那时候容易翻又受欢迎的剧集,例如漫威超级英雄或者小黄人大电影都被抢光了,留给我的都是中世纪女王出征、家族内斗、宫廷秘史这类的东西,被组里的人称为"烂菜叶子"。对于这件事,我毫不在意。因为抢着出风头的总是同

字幕

一批人——他们被我和组长称为"生肉"——每周15小时免费为字幕组工作的爱好者。每一次组长拉人进群，就会有一两个"生肉"在自我介绍之前先抒发一通对我们字幕组的仰慕之情。隔着屏幕，你都能感觉到这些人的荷尔蒙，他们说——"我觉得字幕组的工作是国际文化交流的一部分"，他们还说——"夏先生，请发给我们测试，我们一定能达到您设定的标准。"

"夏先生"是我们组长，我喊他"老夏"。我要谢谢老夏，如果不是老夏，我也认识不了他。

今年是我和老夏相识的第十年。我们是网友，在现实生活中没见过一次面。我不知道他是男是女，而且我觉得我没必要知道。就像他每天在催我交片的时候，不会管我到底是喝着 blue bottle 咖啡用我全职工作的电脑来作业，还是缩在我那不足20平方米的小公寓里光着脚驼着背披着一条从二手折扣店里淘来的花格呢毯子来完成。那条毯子，我至今还没来得及清洗。

取出疯石

老夏在招募新"生肉"的时候,照例会给他们出一套"考题"。乍听上去有点复杂,其实就是把三部剧集剪碎了揉在一起,混合成一部半小时的片子,交给"生肉"们来翻译。限时 20 分钟完成。三部片子的难易顺序依次是:变态难,很难,难。最近一次测试,组长把出题的权力交给我。我当时正坐在纽约最脏的地铁线上,从 135 街一路朝南,收到他的邀请还是忍不住"啊"出了声。坐在我对面的单手拎着酒瓶的醉汉,笑呵呵地盯着我看,他学着我的声音"啊"了一下。我白了他一眼。步履匆忙的纽约人不会跟陌生人打招呼,因为他们知道,喜欢跟人打诨插科的通常只有无业的混混。那节车厢全是啤酒和马尿的骚味,像极了 18 世纪的伦敦,尤其是治安很差的白教堂周边。我不知道自己是被这酒鬼还是他身上的气味冒犯到,总之我那一刻萌生了"报复社会"的想法。我决定让"生肉"翻《开膛街》——一个发生在 19 世纪末 20 世纪初的故事。组长听了我的提议,犹豫了一下,他问我确定要这

字幕

样做吗,毕竟这些"生肉"都是免费过来干活的。确定。而且我提醒他,千万不要透露给新人,我们这组只剩我们两个人的事。原有的几个组员都在上周离开。他们听说不久后会全网"封杀"字幕组,已经开始另寻出路。眼下,我们急需引入新人。

字幕组的"熟肉"都知道,一句带着奇怪口音的语速极快的英文,听上去跟"Taushiro"没有区别。这是世界上最少人说的语言。1975 年,最后一个精通这门语言的人在秘鲁去世后,这门语言就此绝迹。我们挑战的不是"生肉"的技能,更多时候是他们的心理,要在 20 分钟之内做一件根本不可能完成的任务,除了尽力而为,更重要的是不能糊弄自己。组长在收上他们的"考卷"之后,连连摇头,他看到有人把"bullshit"直译成"牛粪"时,气得连头都不想摇了。他说,上一次有这感受,还是 1998 年有人找他帮忙校对《泰坦尼克号》,里面杰克和罗丝做爱的时候有一句来自罗丝的呻吟——"Jack, Slow Fuck!"结果,这句话被一个"生肉"翻成了"捷克,斯洛伐克!"

测试之前,"生肉"在群里聊起彼此的拉轴技巧。

一个人说,自己喜欢倒着翻,从后往前,这跟讲故事时倒叙是一个思路。另一个说,他只翻自己看得懂的,人生苦短,他要及时行乐,那些长难句不翻也罢,总有大神来翻。翻译这个事,永远不能跟原著的本意百分百重合,只能无限接近原著。还有一个人话很少,他就是我的那个他。他觉得时间有自己的调性,每一部剧集都有属于各自的时间。很多人喜欢叙事复杂的,可他只喜欢简单的故事。他喜欢质数。这是他第一次这么说。

我在看他们交上来的片子时,十个人里八个都是直译,大白话翻得七零八落,还有一个索性把一句话译成了"我是可怜的杜松子酒,使我的学业相当混乱"。我对照着上下文听了几遍,依旧无法理解他从哪里看出"我"可以等同于"酒",又是用怎样一个清奇的脑回路把"faculties"理解成"学业"。同一个人,他还把"in toto"这句古雅的老式英语翻译成了"在马桶上"。某天下午，我去上东城某高级写字楼送合同时，碰巧遇到了一个"ToTo"牌的马桶，我才恍然明白了他的用意。可是无论再怎么辩解，字幕错译、漏译、词不达意、语句混乱，这些都是做字幕的硬伤。"当嘴含机关枪的演员冲着屏幕扫射长难句时，你不能被一个状语从句打倒了，就选择临战而逃吧？"我在群里对蔫了的"生肉"说这句话时，顺利通过测试的三个人正在打退堂鼓。

其中一个问："字幕组的工作合法吗？"

我答道："这要看国内是否有版权方引进、翻译成果是带字幕文件还是带视频，还有最重要的是看这片子是否用来卖钱，不能一概而论。"

另一个问："我看到你们组也翻了一版的《权力的游戏》，你们觉得这部剧算不算烂尾？如果算，那九年的翻译对你来说又意味着什么？对了，九年前怎么就决定翻它了，它又不好翻，就像你们给的《开膛街》那道考题一样。"

我说："事实是这部剧的确烂尾了，但我们只是做翻译，不是帮原创团队梳理剧情。老的翻译人讲究信、达、雅，这个'信'是排第一的，如果我们篡改了台词，估计你也会给我们寄刀片。如果你喜欢翻译，纯粹出于喜欢，再翻九年也不是什么问题。"

最后轮到他提问。他直接在群里"艾特"了组长，问道："翻一集难度正常的英文剧集需要多长时间？"

组长没吭声。

我隔了一会回答说："只翻译的话，最快要2小时，视台词多寡需要人手不同。4到8人，连续作业2小时。实际上这个阶段的翻译成果不可能直接拿出来，必须再经过更长时间的校对和打磨。"

他又问："既然如此，为什么刚刚测试的时候只给20分钟，让我们翻一个根本不可能做得完的剧？"

这个问题，我按住没答。我觉得奇怪，究竟是什么人敢这么讲话。我通过他这咄咄逼人的语气，飞快地在脑海中将他的外貌形象化——一个身体发福、胸肌丰满的年轻男孩，因为沉迷于网络而戴着深度近视眼镜，同时因为摆脱不了自己荷尔蒙的驱动早早掉光了头发。这样的男人有几个特点，例如：争强斗狠，血气方刚，随时准备大打出手。我飞快地查了一下他的成绩，不出意料，他能如此底气十足地说话是因为他把时间轴拉到了 23:17 秒……还差不到 7 分钟他就能完成这部片子。这让我有点紧张了。因为他确实很强。算上过去那些没有故意刁难"生肉"的测验，从来没人可以坚持做到 20 分钟以上。别说新手，就算我和组长上阵，也未必能做得这么快。

他没有理会我的沉默，而是折回到第一个人提出的法务问题，将他所知道的和盘托出："字幕组的成员需要意识到自己承担着一定的法律风险吗？我不相信你们是完全非盈利的。你们租借服务器，一年也得好几万。如果我入组的话，我想先问清楚会比较好，免得哪天被你们卖了还替你们数钱。根据我国《著作权法》，不经著作人允许，不能私自翻译并且传播版权方的内容,你们私下交流学习可以,但是一旦挂到网上就变成了侵权。"

我承认我犯了一个所有人拉轴时都会犯的错误,就是快速地对工作对象产生了某种情绪。起初是明显的抵抗。我从他说话的方式感到此人来者不善。我马上私信了老夏,让他从旁帮助。老夏提醒我回忆一下,我们组上次被人举报的时候他是怎么处理的。就算他能力再好,假如不能为我们所用,都不算数。老夏说,你可不能心慈手软,做字幕必须遵循美剧中的丛林法则,尽可能地为自己扫清敌人,适时地清理一下门户,这都是"防患于未然"。我不像老夏那么果敢,我还是犹豫了一个晚上,第二天早上才把他踢出群组。

过去几年,比我们规模大的字幕组都被"一锅端"了。2009年之后的十年是字幕组的亡命岁月,人人影视、伊甸园、悠悠、射手网这些过去响当当的业界龙头都纷纷落马。上次举报我们的就是一个对手组的前成员。他想从我们这敲一笔竹杠,不然就让版权局的人查死我们,让我们也遭遇一次他们组的"生死劫"。后来,版权局的人真的来了。但因为我们只做外挂字幕,放弃加工带版权的视频原件,版权局的人只能给我们一些口头教育——"游泳、下棋、跑跑步,这些爱好不好吗?怎么就非要沉迷于网络?"说这话的人在我看来,都是活得特别具体的人,跟我不同。我只要薄薄的一个名字,出现在我翻过的美剧时间轴上。这件事后来不了了之。我们不做供人下载的片源,只做在线观看的嵌入式网站。为了规避风险,我没有一次在时间轴上用过自己的本名。用不着他提醒,我何尝不知道,版权二字始终是悬在我们头上的达摩克利斯之剑?但我们组已经有了相对稳定的观众——从最初的几个人到几百人再到现在北美地区和覆盖华北地区的几千万人,为了这些人,字幕必须继续做下去。

组里留下来的那两个新人,明显是被吓着了。他们收到我发过去的合同,迟迟没给回复。组长在群里"唱红脸"说:"字幕组成立之初,皆出于热爱。我们努力把喜欢的事情做好,就是最大的回报。嗯,我们,用爱发电。"他"艾特"了我,这是在逼我"唱白脸"。我先解释了一下为什么把另一个入围的人踢出群,接着简述了我们组的规章细则:"第一条规则就是,不可透露工作内容,尤其不能接受外界采访。第二条比第一条更重要,就是不要打听组内成员的真实身份。你们之后会被分在不同的'剧组'独立工作,前两个月先做'试用翻译',在积累了一定翻译时长之后,才可以转正为'正式翻译'。"

一

00:13:49,662-->00:13:51,488

从古至今 人们都会尊重那些

"In all ages, the people have honored

二

00:13:51,489-->00:13:53,378

不尊重自己的人

字幕

"those who dishonored them.

三

00:13:53, 379——>00:13:55, 565

他们对最伟大的骗子顶礼膜拜

"They have canonized the most gigantic liars

四

00:13:55, 566——>00:13:58, 607

为最伟大的盗贼风光大葬

"and buried the great thieves in marble and gold.

如上,这是一份字幕文档的样式。介于我们全组加起来不超过十个人,统筹、翻译和校对有时候就混着一起做了。职责分工远不像我在立规矩时说得那么明确。有时为了跟对手抢单集的首发,一集一个多小时的剧,两个试用翻译要相互校对,他们翻错的我还要帮他们重做一遍。做完之后,又要马不停蹄地做时间轴和特效。

拉时间轴的人,就是一部片子的时间掌控者。

你可以控制每个角色说话的节奏,以及每句字幕出现与结束的时间。

想要真正控制时间,其实非常困难。这就像你听了时间的回答,你以为你了解时间的奥义,但却不能从时间身上带走一分一秒。我们组用的拉轴软件叫"时光机"。一秒在"时光机"里,既长也短,稍纵即逝。真实世界里的一秒,在虚拟世界里要短得多。人在时间面前笨拙不堪,你的面孔会被它打散。那些被你忘却了的过去,不知道何时又附在字幕上,在你把它翻成中文贴在时间轴上时,忽然冒出头来。

在字幕组工作的九年中,我只接过一个"私活"。

一个有钱的太太委托我们翻莎士比亚的《第十二夜》。她说那是1996年的剧,她想翻给她孩子看,她孩子就是那年出生的。不知道为什么,我被她这并不动人的说辞打动了,我们组长也劝我接,我知道他是冲着那两万块钱去的。接了之后,我才发现,每一句平均要啃5分钟。我一个学计算机的大二学生，靠着啃原文原著凑合着出了一篇英文台词，然后组长对照着中文的半文言文翻译全文。我生怕人家嫌我们没有"莎士比亚腔"，特意研读了几套不同的中译本的《第十二夜》。一个星期下来，我只翻了半集，比我们现在招新的"生肉"还慢。其中有一句，卡在我的时间轴上，如鲠在喉——"God give them wisdom that have it; and those that are fools, let them use their talents."这里的"talents"（天才），剧中的发音实际是"talons"（爪子）。我在想，难道莎翁有意让这两个词因谐音而成为双关？还是说，编剧在改写剧本时有意跟我们开了一个玩笑？又或者是演员的一个口误？这些想法总在我脑子里盘旋，我不知道该听从哪个声音，一个小小的倾斜都会导致翻译上的巨大变化，那么我究竟是该把它翻成"上帝把智慧给了有智慧的人；至于傻子们呢，上帝让他们用自己的天才"还是"……至于傻子们呢，上帝让他们用自己的爪子"？我真的不知道。那一刻，我感到"上帝"在为难我，让我意识到我作为人的局限。我明明已经辨识出来了那句话的意思，但我却无法还原它背后的忧悒与悲伤。这些无奈的情绪都是跟时间有关的。最后到了要交成片的时候，我请教了老夏，他说你就翻成"本能"，"上帝让他们用自己的本能"。他似乎也看明白了我的痛苦，劝我大可不必较真。这就是一个活儿，还不至于要动用"本能"去解决。于是，我松开了我的"爪子"。那套片子出来以后，富太太没给我们任何反馈。倒是她的孩子，私下给我发了一条MSN，他提了一些关于莎士比亚的问题，我答不上来，或者是我当时觉得收了钱就没必要再回答任何提问了——这小孩学英语，学得怎么样，跟我又有什么关系？我事后再想回复那条MSN，可是MSN都已经没了。

好在，人是健忘的动物。我来了美国之后，才发现生活在哪里都是一样的困难。就像你横穿马路，会承担被撞飞的风险。你从三米多高的路中央迎头坠下时，疼痛都是穿心刺耳的。有人会在你身后失声尖叫，无论他们操的是英语还是我们镇的乡音。事物、人物、景物，一切都会被时间冲淡成同一种语言，嗡，嗡，嗡，嗡。

在我翻过的美剧和美国电影里，当街被撞飞是一个极其常见的剧情。而且大部分超级英雄在被撞飞之后，只是若无其事地掸掸衣服上的土，继续向前狂奔。大部分美国人（以我公司的同事为例）信奉"社会达尔文主义"，他们相信——英雄就是真理。如果不是真理，英雄为何如此强大？那些真正赚钱的行业，又有哪一个不是奉行弱肉强食的丛林法则？我们对强者越是崇拜，就越想凑近他们。我在公司码代码的时候如此，回家做起翻译来也是如此。我们不管他是否一向好斗、酗酒成性，也不管他从龙门客栈还是美国西部而来，只要他放胆去做，我们就崇拜他。所以在组长亲自把那个什么都敢说的人拉回组里的时候，我竭力控制着自己的恐惧，并没有露出丝毫不满。

他是谁？我发现我竟然对他有了兴趣。

来美国这些年，踽踽独行的我向来对身边的一切事物都保持着某种安全距离。我试过融入真实世界，但我的格格不入总是很快被他们中的大多数指认出来。等我来美国读研并且奋力拿到 H1B 工作签证，签了"卖身契"进入了纽约的一家对冲基金公司。我发现在比我晚入职的白人员工眼里，我仍然不是他们的一员。至少，如果我真的属于他们那个小圈子，他们不会反复地问我"你来自哪里？"我每次都回答说我来自纽约。然后他们紧追不舍地问"我们是问你真的来自哪里"。这话说得好像我一直在讲假话似的。那些问我问题的白人程序员，他们根本不需要专业文凭，有个叫林肯的因为是合伙人的侄子就直接入职了，连面试都没有。他用 Java 和 ASP.NET 软件的本领还是我手把手教的，可他却当上了部门主管。

我对人在现实世界的身份失去了兴趣。程序员的工作远没有字幕组有趣。我不想知道真人真事，程序员的故事又跟我有什么关系？我每天非常自律

字幕

地翻译字幕，在公司收到夸奖时会拉轴，被领导骂了几句后还会拉轴。美国人都说我很"chill"（冷静），他们以为每个中国人都这么"chill"。他们不懂，正是因为他们活得太过具体，他们才会有烦恼。

我通常会在晚上 10 点下班，在线等北京的老夏起床，不知不觉就拖到凌晨。12 点，我走出"时报广场站"，穿过举着自拍杆的游客和喝多了正在说胡话的年轻人。我不跟任何人打招呼。偶尔有人不知好歹地上来问路，我会给他指一个错误的方向。回到 42 街和第九大道交叉口的出租房，打开黑色的笔记本电脑，我将电脑和手机同时调成静音，戴上耳机。这时我的午夜才刚开始。寂静的老楼，连一块墙皮剥落掉地的声音都听得一清二楚。可我才懒得理，住得再差也只是一时的……房间里只剩下我敲击键盘的声音。

他不一样。他对世界带着一种本能的愤怒。

他不喜欢他的本职工作，却又没办法靠兴趣赚钱。他只能拉轴，把愤怒发泄在时间轴上。如果翻译可以有风格的话，他的风格就是东北爷们那种极其彪悍威猛的感觉。他翻得极快，每个词都翻得极硬，力求原汁原味。我跟他恰恰相反，我把生活中用不到的情绪全都投入到时间轴上，所以，我翻的字幕比我这个人还要温柔、平静。他重回组里之后，经常挑我翻译的问题。他说我翻得太柔了，加入了一些不必要的个人感情。我知道，他还在怪我踢他出组。老夏看到了我的迟疑，又给我提了一个建议，他说："你不是害怕他找你的茬么，你就注册 A 和 B 两个小号，这样咱们群里加上我就有三个人挺你了。少数服从多数嘛。"

我照做了。在我的预设中，小 A 是男性，小 B 是女性。

他不知怎的，开始找小 B 说话。一开始是吐槽我的真身，后来就是变成有一搭没一搭的聊天，即使通宵不睡也毫不在意。他说他需要一个聆听者。我想，的确没人比我更适合聆听。他以为我那边是北京的下午了，其实我是纽约的凌晨。我们中间有一两个小时没说话。他说他在看书。我问他看的是什么书。一本小说,名叫《质数的孤独》。他问我看过吗,我说没有。我问他,小说好看吗?他说有点失望,因为他快看完了才发现,通篇根本没在讲质数。他解释道,自己从小就对质数痴迷,因为数学好才去学经济。他每周只在周二、三、五、七出门吃饭,其他时间在家吃。他在家里看电视的时候,音量开到 17 或 19。他洗澡的温度控制在 101 ℉ 或 103 ℉ 之间。他上一次跟伴侣分手就是因为对方看不惯他"质数控"这个毛病,非要选 28、30 这两个座位,而他在影院门口坚持要选 29、31。在和我道晚安之前,他讲了一个从未跟别人提起的故事。一则蝉的故事,当然,还是与质数有关。

"某一种类的蝉,它在地下以卵和幼虫的形式生活 11 年,第 11 年到达地面成为成虫,在经历第一个夏天后产卵死亡。它的卵会延续 11 年的周期再次长成成虫。这看起来没什么特别。但是,因为它的生命周期是质数,这个数的周期很独特,几乎不会和各种短周期的天敌重合。假设某种与之类似的蛰居天敌以2、3、5、6、7等周期生活，那么这两种动物同时生活在夏天的时间非常非常少，因为11是质数，所以它就能避开被天敌吃掉的危险。如果这种蝉的生命周期是12年，那么以2年和3年为周期的动物总要碰到一起的。因此天敌数量大大少于其他合数周期的蝉，所以能大量存活。我觉得我们俩很像，质数和质数一起工作，不比跟那些偶数瞎混要强得多？"

我觉得时间轴的本质是质数的——一个人在时间轴上作业，只有在时间轴上时才能名正言顺地不说话。日头里的不声不语是偶数的，教人内心总是不安，到处走，没有着落。

恍惚着睡了不到两个小时，我在闹钟响之前自然醒了，脑海中依旧飘着他描述的和质数有关的画面，从他家客厅茶几上摆着的遥控器到他家后院苹果树上的夏蝉……在我的想象中，这些东西都长着一张质数的脸庞。午休的时候，我在公司茶水间煮着咖啡，忍不住用手机开始"人肉"这个男孩。我想知道他的模样。"硅谷""金融业交易员""经济学本科""喜欢质数"，我同时开启了 Instagram 和 Facebook，要知道，我在这之前登录社交平台的次数不超过 10 次。其中还有几次是被同事"艾特"了，不得不冒头上去点个赞。

他被老夏再次拉入群时，第一句话就问："是谁把我踢走的？"

"这重要吗？"我用我的小号 A 回答。

"小 A，请问你知道这个世界上有几种职业吗？"他问。

我知道他这是自问自答，并不需要我回复。

他果然继续说："世上只有五种职业：Councilors, Lawyers, Programmers, Surgeons 和 Traders。"

我脑子里飞快地过了一遍对应的中文意思，译文几乎自动而出——"议员、律师、程序员、外科医生和交易员。"

"我的本职就是其中之一,可我现在答应入组,而且是第二次,某种意义上就和我的本职工作不相符,至少调性不一,我妥协了,为了做字幕这项可有可无的兴趣。不过你们组里的这几个人,所谓的元老,跟我情况不太一样吧。如果哪天我当了组长,把你踢出群,估计你就要喝西北风了。还是那句话,除了我刚刚提到的五个职业之外,其他的不过是混口饭吃罢了。"

我用小号B维护小号A说:"没招你入组的时候,我们以为你是仗着自己拉轴比别人快,有点'技术护城河'优势。现在再看,原来是贩卖精英立场的小朋友。就算你是美国议员,你拥有权力却不代表你不能被人复制。如果有人可以取代你,那你的优势也就只能是一时的,不能构成'结构性优势'。"

"这位小姐听起来应该是同道中人,这样吧,我出一个题考考你。"他说。

"什么小姐?你小子放尊重一点成吗?人家都够当你妈了……"小A说。

小B说："没事，让他问。"

小男孩问（不知道年纪多大，但他的语气里透着他的年轻气盛）："请这位大姐进行一个情境设想：如果你有闲置资金100万，想借给他人，并从中获利。你手上目前有这样三个人：第一个是A，他平日无所事事，有天突然声称自己家树下挖出了金矿，他需要20万元资金挖矿；第二位是我们的副组长，总是话说到一半就没了踪影的'约翰内斯堡'，他深得群里众人的信赖，需要借5万块钱独资成立一个字幕组，单飞；另外还有一个就是我们尊敬的夏组长，如果不是他亲自私信问我要不要回来，我绝对不可能出现在这里。好了，假设夏组长是资深成功企业家，他经营一家有30年历史的家族企业，目前需要40万资金扩大业务。你觉得你应该借钱给哪一个？"

既然夏组长被点了名，我和我另外两个角色便不得不等他先回应。老夏没作回应。等待的过程中，我都能想象得到组长把粗壮的手指头按在他紧闭的嘴唇上。我觉得这根本不是什么值得思考这么久的大事。而在真正应该知会我一声的大事上，比如他私下联系这人的事情，他难道不该事先跟我说一声？慢慢地我发现，只要是领导，无论中国人还是美国人，黄皮肤还是白皮肤，都是一个样。他们指向一个东西，却在你还没看清那是什么的时候又转了风向。他们的话永远都是复合式的——命令与抚慰、怒斥与宽宥接踵而至，一而二二而一的。所以当我看到组长终于出面讲话，说的却是让"小号B"来代他作答，我一点都不惊讶。

"人呢？"男孩在组里连问三遍，有点不耐烦了。

小B说："你最终会把钱借给夏组长。首先，你知道A是最不靠谱的，直接跳过不计。其次，你知根知底的'约翰内斯堡'，似乎是个不错的选择，而且风险低。但是正是因为他的风险低、资金需求量小，你需要贷出20个这样的业务才能全部安排掉你的100万元。但这意味着，你同时要承担这20次贷款业务的综合成本。最后到了夏组长这里。虽然老夏的贷款业务综合成本较高,但因为是'一锤子买卖'所以仍然低于8个'约翰内斯堡'的业务成本……"

他们一共提到三次"约翰内斯堡",这才是我的名字。大部分人通常会在最新下载的美剧演职员表那一栏看到我的名字。不过,我不是男主角,也不是女主角,我的名字在他们身边一带而过,"时间轴 约翰内斯堡"。似乎只有此刻的相遇,陌生人、网友、美剧发烧友,才能接近真实世界下面的我。那个藏在礁岩与溶洞里的我。

我曾经以为,人在时间这条轴上只要像浮雕一样存在就好了,不用得到关注,隐隐地陷入在山洞的壁画之中。也因如此,我翻过的每一季美剧,我都不关心主人公的情感故事,不在乎他们在现实世界中的挣扎,我只负责记录我听见的东西。约翰内斯堡,你是怎么了?为什么你听见他念你的名字,竟有一丝开心?

我用小号跟他聊天的时候,绝不会想到有一天自己会先爱上他。

我的预设非常具体——小 A 是一个四十多岁的东北大汉,小 B 是一个跟他年纪相仿的白领女性,他们都是我和老夏的朋友,都在字幕圈混迹多年。我的这个他,好像不知怎的对小 B 动了心。这大概是因为小 B 跟他都是金融从业者的缘故,或者,有什么我也不知道的原因。但问题是,在我们组里,没有什么我不知道的事。毕竟小 A、小 B 和约翰内斯堡,这三个人都是我。

不是没有穿帮的时候。相反,我在角色扮演的时候,完全忘记自己是以哪个身份作答的。我每天通勤从最拥堵的时报广场出发,在早高峰的钱伯斯街车站下车。包括我爸妈在内,许多人都以为一个在华尔街上班的中国人就一定赚得盆满钵满,尤其是听说我在时下最赚钱的对冲基金工作时,一个个都投来艳羡的目光。亲戚过年特意来我家串门,让我爸妈给他们的孩子包个大红包。他们嘴上笑嘻嘻地说,沾沾你家灵玉的喜气。在我与自己相伴的这些年里，我几乎完全忽略了"灵玉"这个人的内心感受。

小男孩逐渐变得大胆起来，他时常在拉轴的时候截图，把自己翻的内容传上来。他开始公开"艾特"小B，喊她"姐姐"，问她一些技术上的问题。连老夏都看出来，他对小B很有好感。老夏私信提醒我："老同志，不要在年轻的沟里翻船。"小男孩开始发很多跟自己有关的内容，只为换得小B的一条回复。

他总问小B："你是谁？"

小B说："我是谁重要吗，说白了，只要你按时交给我译文，让我按时完成时间轴就可以。"

他想要了解小B的喜好。像我这种常年寄居在虚拟身份中的人，对现实生活中的人以及他们的情感表达格外敏感。我在美国没谈过一场恋爱，但我翻译过的恋爱故事加起来却不计其数。他终于开始毫不避讳地在群里问我，最近有没有看北美院线上映的一部小成本文艺片。我明明知道那部片子，在我家对面的 AMC 影院就有的看。可我却隔了两小时之后，用小 B 的口吻答道："我人在北京，还没机会看。"他说他前几天下班在圣荷西的 Cinemark 看了这部片子。还不错。这是他的评价。他很久以来已经对电影（或者任何以表现为形式的艺术）失去了兴趣。一年前，他在入职金融业之前差点去考 UCLA 的创意写作课。"我想当个作家，不然，编剧也成。"他不是没尝试过写故事，但用他的话说，"西岸没故事。"他觉得在加州，与创造力有关的职业早就完蛋了。他写的东西没人发表，那些他认识的读了创意写作课的人也没能成为作家。

"他们都去干什么了？"我问。我用错了身份，不小心用"约翰内斯堡"发了问。

"哎呦，难得约翰老师上线，"他发了一个捂嘴笑的表情，然后继续对小 B 说，"一个我的大学同学，富二代，喜欢文学，出过一本诗集。经济学本科毕业之后去读了这个课程。现在在家煲剧、打游戏。他吃着用他爸妈的钱买的东西，只要他开口，他就能在每月的第一天收到一笔零花钱。"

"现在在美国找工作很难吧?"这次是小B在说话了。

"何止难！在硅谷，你不会写代码，人家根本不往下问你其他问题。而且现在新总统新政策，就连每年发最多H1-B签证的印度软件公司INFOSYS都不能给工作经验四年以下的员工申请签证了，其他小公司就更别说了。"

看到他已经聊起自己的居住地和具体工作，我本想说点什么，至少可以讲讲自己第一年申请H1-B时没抽到，被公司外调到国外一年的经历。可我趴在笔记本旁边睡着了。等我醒来的时候，手机和电脑的微信对话框里同时跳出了几十条未读信息。他私下来找我聊天了。其实，他找的还是小B。

他留言的内容大多与字幕组的工作无关。一些日常，不时发一两张他出门倒垃圾的照片。他说现在是洛杉矶时间晚上8点，照片里他的一只手拎着两个黑色系带式塑料袋。我的时间，晚上11点，纽约时间。但我没有这么回复他,实际上我什么都没回复,因为他之后很快又发来"早安"的问候。他在一个窗户上钉着木板的快餐店门口停下了,拍了一张照片给我,然后说这是他大学时偷着打零工的地方。他让我猜猜他当时在店里负责做什么。我还是没回复,因为我当时正在工位上忙着赶林肯临时甩给我的活,他的上级上周给的落实的客户账户信息的任务,他给忘了。我赶完手上的活,交出一份三十多页的报告后,拖着沉沉的脚步走出公司的大门。我收到他的信息,他猜我肯定猜到了答案,没错,他当时是个洗碗工。

在我穿过百老汇大街时,太阳已经垂到铜牛的屁股底下,夜眼看着就要无声无息地来临。我在想他提到的作家梦,那些不着边际的情绪似乎离自己越来越远——就在此时,我的锐气和对世俗的嫌厌都在这海绵一般的生活中被压到极限,说不上为什么,我倒是羡慕他初生牛犊的那种新鲜劲——也就在此时,我不知怎的拍了一张铜牛发给他。五秒过后,我立即意识到自己的人设是一个在北京金融业上班的白领，马上"撤回"了那条信息。

可惜雁过留痕，他依旧注意到了小 B 收回信息的动作。这引发了他的好奇。他没有直接问我刚刚到底发了什么，而是问我如果有带薪假，会去什么地方旅行。我随手打了一些名字，都是前两天清理公司信箱的时候，印在旅游传单首页的一些地点，例如：布达佩斯、维也纳、阿尔卑斯、普罗旺斯、托斯卡纳……他打断了我，插进一句评语说："怎么听着都像北京的一些小区？"

我隔着屏幕发出了一声尖笑，短促而刺耳。人总是在做出一些异常的举动之后，选择包容自己，同时开始解释自己的异常。他继续讲了一些他的生活，他在地铁上、公交车上、家门口的市长纪念花园的儿童秋千上（他是这么跟我说的，我也不知道他是怎么坐上去的），陆陆续续地给出他生活的一些片段。甚至还有他的梦。他梦见自己站在复活岛的最南端，看着洲际之间的板块运动。每眨一次眼，就有一个大洲在世界上消失。他未卜先知地写好了一套程序,用一个能够预测地球毁灭的算法狠赚了一笔。我说,这是国难财,不义。他说对。可人类已经走到癫狂混乱中,连钱也花不出去了。他只能把那些钱一张张贴在家中的墙上,等他把所有朋友都喊来做客参观的时候,他准备将这一切付之一炬。

"受邀的朋友中也有你,小B。"他这么说。

我不知道有多久没听到"朋友"这个词。

他说我是他的朋友,这句话让我高兴了一整天。午休一过,我草草写完手上的程序之后,假装帮主管整理账目,私底下却在"大海捞针"。整个下午,我极力回想他说过的每一句话,整理着我可能不小心漏掉的信息。我认真查看聊天记录,忽然发现他提到了他家附近的电影院,他说他住在圣荷西。

太阳下山的时候,办公室里的人都走得差不多了。只剩下一个实习生,她过来向我讨教一些基本的代码写法,她抱怨说,自己没学过 Programming(做程序),一下手全是 bug(错)。她抱着自己的笔记本，以为会耽误我很久来帮她 debug（纠错）。实际上，我用了不到十分钟就帮她重头做了一遍。我指出了一些小错误，例如她在两个变量 a 和 b 之间，不记得写加上分别处理的符号，复制粘贴写成了一个变量。我说，"不是 process（a）process（a），而是 process（a），process（b）。"她很快意识到自己其他的 bug 也都如出一辙，自己改了代码逻辑中缺少的下划线。她谢谢我，主动邀请我出去喝一杯。我拒绝了，我说我想再看一会儿书。我把平摊在腿上的书拿给她看——《质数的孤独》。

替人纠错是程序员的日常，这跟在字幕组里帮"生肉"纠错没什么区别。如果非要指出一个不同，那可能就是程序员的时间轴是非叙事的，没有感情。或者再打个比方，这种叙事丝毫不会影响叙述者的生活，就像——覃灵玉心里有一个约翰内斯堡，约翰内斯堡里面有小 B，小 B 喜欢的人是他——可他不认识覃灵玉。

覃灵玉是一个"码农"，住在纽约。他做金融，住在硅谷。我找不到一个类似质数的解释方式，不能对我们的生活作出一番全面的分析。

刚来纽约的那几年，我没什么特别的感觉，除了觉得自己逃开父母的视线，获得了多一点的自由。那点自由不是我的，它属于街上行走的各色的人。他们快速地穿梭在这座城市，钻入地铁车厢，走进高档百货商场，有的西装革履，有的连一件整洁的衬衫都穿不起。

纽约会把住在里面的人罩起来，像是一个背着透明甲壳的金龟子。我住的位置是在甲虫的头部，我要去上班的地方是它的左下足，周末也许会去布鲁克林看那种不收门票的艺术展。甲虫体内的血管，纵横交错的地铁线路，可以带我去任何地方。从华尔街到展望公园，用的时间比从旧金山市中心到内河码头还少。或者这个比喻不够准确，你可以说是因为纽约总在下雨，于是人们才愿意待在甲虫体内不动弹。纽约可能更像一本书，你偶尔翻开几页，总能找到令自己愉悦的描写。即使一个从不看戏剧表演的人，也能在百老汇过上难忘的一夜，更不必说那些交响乐爱好者和实验音乐狂热者了。我始终相信，有一种书是你每次都翻不完的，许多你没去过的城市角落安安静静地躺在书里，你没看过，但你知道它们存在着。

11:11，我离开了办公室。这是我没遇到他之前的下班时间，有时要更晚一点。走之前，我习惯性地打开公司大厦楼下的个人邮箱，银色的邮箱四角都镶了黑色大理石的花边，看起来特别的"华尔街"。几乎没人给我写信，我也不期待收到别人的问候。这是住在纽约的好处，繁忙街道的稠密人群，没人关心陌生人的生活。我打开信箱，"哐当"掉出来一封美国人口普查表。我意识到，又是一年三月。"当你收到2020年人口普查表后，请仔细填写并寄回。"每年都有政客和议员为这张表而头疼，他们说南部和西部人口快速增长的州正因不负责任的年轻人而蒙受重大损失，那些不寄回调查表的西班牙裔青少年正在街头犯罪或吸毒。只要我们不寄回表格，我们就跟那些孩子一样。这些议员不会上门惩罚你，因为他们私底下算了一笔账——政府在每户家庭只需花44美分的预付邮资，而一旦派调查员上门问询，这笔费用就会飙升到56美元。美国宪法要求每10年进行一次人口统计，以此来重新分配众议院席位。政治跟蝉一样，有它的轮回。我回到家的时候，在楼下便利店买了一瓶啤酒。穿着雨衣的行人红着脸，气息跟这天气一样，湿答答，灰蒙蒙。

他再上线的时候，先在群里说话。组长发了一条翻译美剧《亿万》第五季的消息，他回复说，他想跟小B一起做。我用小B的身份私信他，问了他一个蠢问题："加州的天气如何？"他说，他前一天接连发生了三件事，过得很糟。"你跟我说说，也许我能帮上忙。"我不知道我从何时起变得这么热心肠。第一件事，我隔着屏幕都能感受到他的难过，他说他的室友死了，就是那个想当作家的富二代。"怎么死的？"他上班离开家之后大概两小时，他室友遇到一个上门推销免费安装太阳能板的美国白人，他们踩着同一个梯子上到屋顶,就在他要登上房顶的时候一个没站稳,被挤下了梯子。他室友的脊柱直直地撞在他刚从拍卖行拍下的一尊青铜裸女雕塑上。他连"哼"都没出一声,直接断了气。我不知道该怎么安慰他,只好让他继续说下一件。第二件,卖太阳能的那个白人大叔马上给他打了电话,说他没有钱送伤者去医院,还说了自己要养三个孩子(还有一个在他妻子的肚子里)的难处。他工作这么久,第一次翘班竟然是为了抢救自己室友。第三件事就是他承担了拨打911的后果——虽然他明知道室友已经死了,心中有所动摇,但还是答应乘坐救护车,一起前往最近的公立医院。这趟15分钟的行程大概要花费他1774刀,接下来昂贵的急诊室治疗费更是天价。他尽量闭着眼刷卡,但是听到白人护士按下的数字是几位数,他大概也知道几个月的薪水就这么付之东流了。他没买保险,因为他觉得保险只是新世纪的庞氏骗局,他作为一个金融业从业人士不应该蠢到落入圈套。现在,他要为他的"聪明"埋单,可他的室友还是无可挽回地死了。而他的老板,一个印度人,因他无故旷工而直接开除了他。他讲完这些,我们都停顿了片刻。我建议他去看看心理医生,我说我可以帮他付钱。这时,他打断了我,他说他有另一件事要拜托我。我知道,我就是在等这么一个机会,走进他的生活。

咖啡厅窗外的雨小了一些,一朵长长的黑云正在穿过一些灰色的云。

他开始吃那份蓝莓派。半个小时候过后,他再跟我联系时,说他刚刚不小心哭出声来。他用语音告诉我,他想赶快安顿下来,重新跟我一起做翻译、一起拉轴。他等着一个新的时间轴出现。他的生活,需要回到正轨。他还发了一条语音给我,交代了他一定要做字幕的原因,他说他小时候看过一部翻得特别好的《第十二夜》,里面有句话他至今还记得——

"God give them wisdom that have it; and those that are fools, let them use their talents。"他发的是"爪子"的音,我听得清清楚楚。接着,他告诉我,

字幕

坐在他隔壁座的女孩,吃着同一款蓝莓派一脸惊诧地盯着他看。

桌上的手机在震动。我低头检查新信息的时候,他刚好也在看手机。他端着手机看,哭声暂缓了些。他略去没说的是,他哭的时候还发誓说,这是他这个十年最后一次搬家。我点了点头,呷了一口咖啡。

当时咖啡厅里就坐着我们两个人,我起身离开时走过她的身后,最近的一刹那,我的左手离她的发髻只有五寸左右。我有很长一段时间没靠任何人这么近了。她就是他。我闻得到她发梢带着的茉莉花香,跟我留在公寓浴室的那瓶5刀买来的洗发水是同一个味道。我替她结了账,她跟我一样,只点了一杯咖啡和一份蓝莓派。在拿着店员找给我的十几个钢镚时,我推开了门。直到我踩着雨钻进时报广场站,我的心跳才慢慢降了下来。

//////

SILENCE

//////

她是个画家,她的朋友都叫她"映雪"。因为她黑色的头发从脑门上方分披下去,没被青丝遮住的部分如同红灯映雪。她的熟人一想到她,总会率先想起她的肤色。那是一种亚洲人少见的冰肌玉骨。曾有那么一两个拜访她工作室的画家提议要给她作一张肖像,却苦于找不到一种适合的颜色。他们从她长而秀的杏眼开始画起,打完眉目五官的线稿之后就放下了笔。那是一种什么样的颜色?直到他们落笔,也没敢动笔去画。有人说,她的肤色是初冬的梧桐树叶上的第一层雪,干净之极的样子。这个能把她形容得最贴近她本人的人,后来成了她的丈夫。

在前五次的诊所孕检中,她夹在叽叽喳喳的人群中一声不吭,一个同样也是从上海来的准妈妈跟她搭讪,问她吃了什么补品,皮肤保养得这么好。她默默避开了,独自一人走到诊所的大堂,接了一杯温开水。她对于赴美生子这件事本来只有讨厌,可是真从家里出来,拿着病历本和银行卡等着会说中文的美国医生叫名字,候诊的这段时间更让她觉得自己非常渺小。

在多次交谈中——她丈夫管那叫作评估——之后,他们买下了公园大道的一套联排别墅。虽然没法跟她在上海市中心老洋房改造的自家公馆相比,但也还算温馨。她不会讲英文,在超市购物时除了结账时是清醒的,其余时候她都迷迷糊糊的不知道自己在买什么。这倒让她丈夫放心了,因为他不必担心有人会搭讪她。可她的语言问题让她在搬进新家前吃了亏,她之前住过的月子中心的阿姨帮她找了一个当地的油漆工。她和他没法沟通。那人拎了一筒劣质油漆来。刷完了,她孕检归来,觉得满屋子都是甲醛的气味。

　　她的肚子已经很大了。在纽约的日子她不必上班，为了尽量减少辐射，她连电脑都很少用。她准备把她的长发剪掉，但她丈夫担心她一个人操作不安全。最近一次通话，她一直在拿手敲自己的头。她最近常觉得头痛，她说话的时候还会捂着嘴咳嗽。她丈夫觉察到了这可能是油漆的问题，连夜让她搬到离家最近的酒店去了。三天过去，她的头晕恶心症状并没有减轻。他们聊天的时候，她竟然不小心睡着了。他担心她下一步可能会出现孕妇哮喘。他给她买了一张机票，让她在第六次孕检之前先回趟上海。他说上海家中的画室重新装修了一下，给她准备了顶级的画材，最好的矿物质颜料，就等她回来了。她醒来的时候看看表，又看看手机上的时间，踌躇了一会儿。

　　那幅画运到，已经是一个月以后的事了。映雪回到公园大道的家中，她丈夫特意打来电话提醒她，不要签收这张作品。她给了送画工人100刀的小费，让他们在客厅坐一会儿。其中一个左脸上有块刀疤，另一个皮肤黝黑的一直在吃客厅茶几上的中式茶点。有刀疤的那个隔5分钟就要敲一次黑人的后脑勺，他在跟映雪搭话之前最后一次警告他的黑人同伴："就他妈的知道吃，连吃的是什么都搞不清楚。"映雪从厨房里又端出一盘绿豆糕，她什么也没说，咬了一下下嘴唇。刀疤脸又敲了一下黑人，让他说谢谢。"谢谢夫人。"他就是这么说的。刀疤接过黑人的话，补充道，"夫人，您家可真漂亮，真希望我们也能有这么一个地方。"说完，刀疤站了起来，他与映雪四目以对，见她没吭声便像得到默许那样自顾自地转悠起来，他从客厅溜到卧室，拉开一扇门，从卧室的另一扇门出，进入起居室后，他站在一张画布前看了很久。她扶着腰走进来时，他还在看。那块画布上只有线稿勾出的半只眼，案头的草稿上画着一张人物底稿，他还没来得及看，黑人就进来叫他，"老大，这玩意太好吃啦，我给你留了一块！"他最后扫视了一遍这个房间，午后的阳光透过百叶窗落在画布上，到处都是颜料的痕迹，可没有一张完成的画。一股猛烈的味道窜进他的鼻子，胶水、松香，还有没干透的油漆味，他忍不住打了一个喷嚏。

映雪带着他们上了二楼，三个房间全都装满了没拆封的画作。她弯不下腰也够不到更低或更高的画，只好在她面前三层的铝架上拿出离她最近的那一张。她把画拆开，摊在地上。那张画的中央是一个穿玄青色衣服的年轻女孩，她身后的背景是掺混了棕调与蓝调之后出现的一种黑色。女子身穿一件高领的女衬衣，跟映雪身上的几乎一样，都是雪纺的材质。女孩眉眼低垂，却又不是完全合上，好像是因为害羞而偷瞄了一下自己的裙摆，或者她正在看向手中的书。她深褐色的头发高高盘起，头顶上没有一个装饰。左边有浅浅的一道光，那道光是从画面右侧的窗户射进来的。刀疤使劲拍了一下黑人的后背，暗示他说点什么。黑人咧着嘴笑起来："夫人，这画里的人是您吗？"刀疤面无表情。黑人看出了刀疤的无奈，立马改口道，"这画是您画的？"

刀疤蹲了下来，脖子伸向地面，脸距离那张画也就几英寸的距离。这个动作让映雪立即阻止了他，试图将他拉起来。刀疤站直后连连道歉，最后他问，"这张画应该很贵吧？"他的语气带着笃定，听上去并不像一个问句。

暮色降临前，刀疤和黑人离开了映雪的家。刀疤从黑人口袋里掏出50块美元，退给了映雪。他说："夫人，我看您家画室的油漆没有涂完。不如我们周三过来帮您刷漆，那50刀就算买油漆的材料费了。"黑人面露沮丧，上了他们的老福特之后一直在嘟囔着那50块钱，他原本打算用那笔钱买一瓶杜松子酒，如果他家门口小超市的杜松子酒都卖完了，他就用这笔钱买一点鱼子酱吃。刀疤发动了汽车，扭了两下方向盘后驶上主路，他说，"还鱼子酱，你知道什么是鱼子酱吗？"黑人十分委屈："跟鱼有关系吗？有吧，老大，不然它怎么叫'鱼——子酱'呢？"刀疤纠正了他，"他妈的是'鱼子——酱'。"说完这话，刀疤瞥了一眼映雪家的草坪。这个大着肚子的女人正在摘掉花园里的杂草。他看她的时候,她恰好直起了腰,与他四目相对。

第二天吃完早饭,映雪端着咖啡杯来到她家别墅前的门廊。她看到邻居家车库里的灯亮了,便把脑袋缩了回去。她的丈夫再来电话,问的还是那张画的事。她说就放在客厅了,但是没有签收。送画的两个工人说,他们明天再来刷墙。他问她能不能最近赶一赶把那张画完成,他那边急用。她只能说好,刚想问他身体怎么样,却被他秘书转进来的一个电话打断。嘟嘟,嘟嘟。没等他回来,她先挂了电话。

她还在喝咖啡。她看到邻居家的保时捷驶出车道,跟一辆上了年纪的老福特擦肩而过。福特车停在马路牙子上,两个轮胎刚好触碰到邻居家的草坪。车上下来了两个人,正是昨天来送画的刀疤和黑人。他们手插在裤兜里,一前一后来到她家门口。铃声响起时,她正好接到她丈夫的电话。她开门的同时,接了电话。刀疤脸上挤出了一个笑容:"夫人,早上好。"可她必须听着丈夫说的内容,他提起了他的生意,他问她还记不记得上次在拍卖会跟他抢画的人,那个看他举到1500万后非要插一脚的老王。那个做石油生意的满脸横肉的老王。这时,映雪让门口那两个人进了屋。丈夫听到有脚步声,下意识地问问是谁。映雪瞧着刀疤和黑人的脸,没有回答。丈夫虽然感到奇怪,但是没有追问下去,他说多交点华人朋友也好,平时邻里间多个照应。他把话题扯回老王,老王从法国回来,他准备设宴请他吃小鸟。他打电话来除了催她好好画画,还要问那小鸟叫什么名字。她心里想,圃鹀。他很快查到了那两个字的发音,嘀咕着念了几遍——"圃"是"噗","泼—屋—噗"。

这是映雪家法国厨师的拿手绝活,只是圃鹀很稀有,出口又不容易,他们一年难得吃上一回。上次吃黄胸鹀的时候,还是他们结婚三周年纪念日。小鸟浸到阿玛尼亚克酒里溺死后,被包裹在肥油之中烘烤,八分钟后,它被厨师从烤箱中取出。四盎司重的小鸟被她丈夫连头带身子一口吞下。他一口将其嚼碎，不时地因为口中的热气而吐出舌头。吃小鸟时，两人遵循了法国西南部朗德省的传统——用白色餐布遮住脸。这么做是因为法国在1999年后就将圃鹀列入了保护物种，禁止餐厅烹制这种可爱的会唱歌的小鸟。他们吃饭时坐在长条形餐桌的两头，用白布遮住脸。他低头细细咀嚼，她却将小鸟悄悄吐到地上。他在电话里提到小鸟，说起令他难忘的榛仁般微妙的口感，他感觉自己进入了一个只有顶级老饕才配享有的世界。她把手机别在耳朵上，一边听到丈夫再次将"圃"读作"哺"，一边给刀疤和黑人倒上咖啡。

他们一直喝着咖啡等她打完这个电话。"夫人，能不能把昨天这张画签收了？"他问道。黑人在一旁点头。刀疤开始讲他母亲的事情。他用极慢的语速说道，"我妈住在康纳狄格州，她的记忆力正在衰退，可她每个月都会按时提醒我给她转账。如果我这个月寄少了，她下个月就会让我转给她双倍的。"黑人插话说，"这是真的，老大每天要给她妈打四五通电话，每次半小时，纯粹是为了听老妈唠叨他。他们意大利人好像都是这样。但是他就不会跟他老婆这么亲昵，老婆是索命鬼……"刀疤本想推一把黑人，结果不小心打翻了一个药罐，里面装着的粉蓝相间的胶囊不住地往地下掉。他赶忙蹲下去捡，嘴上还说着没说完的话，"昨天那张画如果您今天不能签收，我们就拿不到上周的钱。其实您只需要打开看看作品，没有问题的话签个字就可以了。您的这张画送到了，这是板上钉钉的事。此外，我们还有个工作等在后面。最近这附近很多富人找我们翻修他们的应急避难屋。"他说到这，映雪面无表情地走开了。黑人对刀疤说，"我觉得她可能是个聋哑人。"刀疤说，"你听着，我们现在就跟她耗，她退一步，我们就进两步。如果她不签字，那么我们就一起完蛋。"黑人又说，"那你妈那边怎么交代？她要是给我打电话怎么办？"就在这时，黑人裤兜里的手机响了，他掏出来一看，战战兢兢地放到桌上。两人不约而同地叹了口气。

五个小时过去，一个身上有五颗星的瓢虫在桌子上已经爬了无数个来回。它到了桌子左边就会被刀疤用手挡住去路，到了右边就会碰到黑人。后来，黑人实在无聊，就把那盒装着药丸的塑料瓶打开，哗啦啦地把药丸倒在一旁。接着，他猫着腰盯准了瓢虫爬的方向，一把将药瓶倒扣在桌上。他觉得自己可能逮住了这个鲜亮的小家伙，不动声色地打开瓶子一角，结果那瓢虫迅速行动，飞快地向桌子的对角线方向逃亡。他啪的一声又把它扣住。这时，刀疤已经走到起居室门口了。他在看映雪画画。上次的半只眼睛如今已出落成一张完整的脸，鹅蛋形的脸庞上有一双黑得发亮的眼睛。映雪正拿着一根蘸着淡霜色颜料的软笔在眼眶周围勾线。每画一笔，那眼睛就愈发有神了起来。刀疤的眼睛从画中人身上转移到映雪身上，这女画家骨架子可真小，羊皮纸一般的肤色，整个人苍白得不像样子。就是这样的她，背影看上去却有着极大的能量。尽管她穿着一身松垮的睡衣，发型也不整齐，还有在思考时抽劲力十足的烈性香烟的毛病。他受不了那呛人的烟草,像上一次那样忍不住咳嗽了起来。她始终没有转过头来。刀疤回到桌边的时候,将一张一式两份的签收单摆在了台面上。黑人不知从哪又搞来了一只瓢虫,那只身上有四颗星,他把它跟那个五颗星的并排摆在一起,给它们起名叫"小五"和"小四"。刀疤用瓶盖压住"小五"时说,"这女人对现实生活毫无概念。"他看到黑人祈求他松手的表情时,又抬手用手指碾碎了"小四"。黑人发狂似地冲他吼道,"你这是干什么!"他说,"做这女人的老公应该很难过得快活吧。"

接下来的一个星期是复活节假期,刀疤给黑人放了一周的假。他自己也在家里待了一周,期间唯一一次外出是探望他妈妈。那张原本计划买油漆的50美元,被他转给了老妈。可那老女人拿了钱,没有买面包、鸡蛋和牛奶,而是买了一台没用的二手割草机。他为此感到纳闷,因为她妈妈现在住在老人院里,那个地方接收了纽约、康纳狄格、新泽西三角州几乎一半没有养老金的老人。她妈的那个小房间里一共有5个老太太,刨去上周去世的那个患有阿兹海默症的老苏珊。

"你妈根本用不上除草机!"这是刀疤的老婆听说那50刀就这么白白浪费后的反应。她用意大利语骂他是个废物,活了40多年了还得听老妈的话。这女人每天都穿一套一样的粉色睡衣,上面印着洗掉了脑袋的米老鼠。她有时披上一件毛线外套,在刀疤靠在三人沙发上看电视的时候,她就坐在他对面的单人沙发上抽烟。全家上下只有她坐的这个沙发是皮质的,这是她爸爸十多年前给她的嫁妆。她的沙发旁边有一张茶几,上面放了两个烟灰缸。她烟不停手,从早抽到晚,一根接一根。刀疤起初还给她倒烟灰,后来发现无论他怎么倒,这两个烟灰缸都是满的,他索性就不管了。他们的邻居半夜听到她数落刀疤,不只一次,偷偷地告诉刀疤,"你们俩的婚姻是一个错误。换个老婆吧,这个女人克你。"邻居是个吉普赛人,靠用茶叶沫和塔罗牌占卜谋生。刀疤的老婆提起这个邻居来最初也是嗤之以鼻,她说他整日望天打卦,连刀疤还不如。

后来,他老婆对邻居的态度有了转变。她有时会叼着烟拉开百叶窗的一角,偷看隔壁的吉普赛人在干什么。她张望的时候非常安静,仿佛换了一个人。再后来,她向刀疤要了一些钱,她说她要去隔壁算一卦。刀疤问她算什么,她说算孩子。毕竟他们结婚十年了,至今还没有一儿半女。她总用这事找刀疤的茬,说些难听的话。刀疤也认了。他们是虔诚的天主教徒,兴许是主的旨意还没降临。她算命的次数变得频繁起来,从一周一次到三天一次,现在发展成每天都要到隔壁去坐一会儿。这让刀疤没办法集中精力干任何事。他只要一看到他老婆在客厅里走动,他就胸口发闷。他知道她准是在等那个该死的吉普赛人的信号。他为了让自己看上去镇定一些,就把电视声开到最大,那声音震耳欲聋,让他和他老婆什么都听不清楚。可是这天的新闻,不知为何引起了他的注意,他不仅听见了,而且还"嘘"

了他的老婆,就为了听得更清楚些。

新闻报道的是一则官司。美国司法部最新调查发现,纽约一家老牌画廊雇佣中国画家仿制波洛克、罗斯科等现代艺术大师的杰作,以总额超过8000万美金卖给了一些欧洲的有钱人。有钱人一纸诉讼把纽约的画廊主和住在皇后区的这个中国画家告上法庭。目前,这个中国画家已经回到中国,而且向联邦调查局的探员表示,他并不认识纽约的画廊主,也对他曾经"反复仿冒、甚至还假造签名"的艺术家并不了解。探员们已经仔细搜查了他在皇后区的房子,家中有许多关于抽象表现主义绘画的书籍,有画笔、画布和众多材料,他们还在阁楼上找到"一个装着旧钉子,并在封面写着'波洛克'的信封"。

他看完新闻后,到厨房的冰箱取了一罐啤酒。他告诉老婆,他最近也认识了一个中国画家。他老婆一改往常地没有应声。门廊的灯还亮着,明亮的灯光洒在他们家和邻居家的院子里。草坪上的草又枯又黄。他家院子里的野草正在疯长,随时都有可能溢到对面家里。他看到邻居家新买的除草机正躺在自家的草坪上。他一口干掉了啤酒，捏扁了手中的铝罐。随后，他开着他的那辆后盖怎么也合不上的老福特离开了家。

那天晚上下着小雨。刀疤把车停在公园大道上时，他用双手使劲拍了拍他的双颊。车子熄火以后，他在车里坐了5分钟。雨刷停了，雨像是直接落在他的眼睛上，外面的世界模糊一片。他走进映雪家的时候，决定趁着老妈和老婆都还没离开自己，狠狠捞上一笔。这世道原本就没什么公平可言，中国画家在美国行骗，他也可以骗中国画家。

映雪家的大门没锁。他一声不吭地走进她的家，直奔二楼那三间储藏室。他打开了灯，找到了调节铝架升降的控制板，自上而下地一层层取出架子上的画。他取到一半的时候，左手开始不听使唤地颤抖，没办法，他又猛抽了一下自己的脸，颤抖这才暂时停了下来。画作太多，他不得不分开几次把它们搞到车上。一次5张，预计……40次左右才能完全把这三个房间的画清空。他闭上眼睛,用手抹了把脸。即便如此,他的汗渍还是粘得到处都是。他觉得把汗淋到画上是对艺术的一种亵渎。他不知道从何而来的这个念头,可这声音一旦来了就挥之不去。他原本以为自己拿了许多张画出来,但他下楼时正巧遇上跑步回来的映雪,手里的画一松,从楼梯上滚了下来——映雪的目光也落到了那张画上,就是她带他看过的青色衣服女孩的那张。刀疤说他这么晚来打扰她是因为……他想学画画。跟很多内心深处腼腆怯生的人一样,刀疤说起谎来连睫毛都不眨一下。而映雪单手摸着肚子,另一只手搭在客厅里尚未签收的那件作品上。她还是没有回答。

刀疤一个人坐在客厅一角,打开一本画册,只从他坐的方向向掉在地上的那幅女子肖像看了三次。他翻着画册,书中全是女子肖像,看起来与青色衣服的女孩出自同一个人之手。画册的封面和内文都找不到画家本人的信息。当他第四次看向地上的那张画时,他惊讶地发现起居室里握着画笔的映雪正在冷眼瞪他。他顿时觉得有种从未有过的尴尬，他的脸"唰"一下红了，心跳也随之渐次加强。他必须要找点什么东西喝，最好是威士忌。他走向厨房的时候，余光还一直落在映雪身上。等他端了一杯牛奶回来的时候，他倚在起居室的门口。这时，他的脖子都红了，那模样就像他喝的不是牛奶，而是比威士忌更烈的酒。他试图打退这股无声无息的热浪对他的猛攻，于是他向映雪提了个问题——问她在画什么——他说完后就后悔了，因为映雪仿佛根本没听到他说的话，依旧在用她修长的手指搓弄画中女子衣襟上的细节。他发现她画的依旧是同一个女人，画中人仍旧穿着别无二致的衣服，垂下的圆圆的眼眶就像不小心从天边坠下的一片云，滑落到这神秘的黑色背景之中，陡然变成了灰色。

透过起居室敞开的落地窗，刀疤看见远处房子的台阶栏杆扶手，他也看到窗外的紫玉兰，他去年这个时候还帮长岛的一个富翁救活了一株紫玉兰的树苗。这种树要求肥沃、排水好的沙壤土。那些玉兰花的香气随着潮湿的雨意飘了进来，他原本只是踏进了起居室，靠在门旁边看着映雪。但他的鼻孔吸入这样的夜晚空气，脸红得快要流泪了。他不知怎的拾起了地板上的一张白纸。他开始画她，这能让他缓解一下自己的局促。他画的是他看到的她。在他的眼里，她的短发变回了没怀孕前浓密的长发，她的黑眼睛一直注视着她笔下的人物，目光里没有一丝笑意。她就像是进入了画中，与那穿着维多利亚灯罩裙的女孩合二为一。不知道过了多久，映雪停下来时，刀疤惊了一下，他感到自己强行被人从画布上撕扯下来。他用一种不想被她察觉的神色，四下看看。屋里的一切都维持着原样，屋外的玉兰上落了一对他叫不出名字的小鸟。映雪坐着的椅子咯吱一响，她离开了画室，独自往楼上去了。刀疤走到那张新完成的作品面前，屏住呼吸，他就那么看着画中的女子，脸上的红晕渐渐褪了下去。

翌日上午，刀疤和黑人拎着一桶油漆又来到映雪家。这次，刀疤进门前特意按了门铃。还是没人应门。他试着用手推开,门一下就开了。他和黑人穿过厨房的时候,看到客厅中央桌子上的那份签收书已经签上了名字。他们凑得再近些,发现签收书上面还放着一张字条,上面写着要将这幅画转送的一个新地址——纽堡的一个自由港。黑人搔着头说,他建议他们最好别去。他们只要拿到签收单就好了,再送到另外一个地方可不是他们的活。再说,从这里开到纽堡至少要一个半小时。黑人说他本来计划在家看一下午的球赛。刀疤把双手插进裤袋,拿上这张纸条离开。他绕到车窗前,特意用手擦掉了挡风玻璃上的鸟屎。那坨屎粘在那里已经一个月了。就这样,他轻轻吹着口哨上了路。他面露笑意,他说不上来自己为什么这么开心。开着车,他看着外面驶过的车辆,他觉得自己比这些匆匆忙忙的人活得要有意义。黑人被命令全程抱着这张画坐在后排,一脸委屈。

事实上,天只晴了一会儿。他们一开出曼哈顿,雨就淅淅沥沥地下起来。闪闪雨丝拉成根根细线,闪进公路两旁的密林中，也闪进老福特的后视镜。原本一个半小时的车程，他们开了五个小时。等到了字条上的地址，刀疤才发现这是一条自由港的私人飞机跑道。在跑道两侧，有两个放小型货物的仓库。字条上没留联系人的姓名或电话。他们只好冒着雨抬这张画敲仓库的大门，碰碰运气。黑人一连打了三个哈欠。他准备打第四个的时候，门开了。一个满脸倦容、无精打采的仓库管理员探出半个脑袋。管理员打量了一下刀疤和黑人，最后眼神停在那张画上。他接了过去，捧着画说："没想到你们这么快。"黑人问刀疤："堵了五个小时还叫快？"刀疤把夹克拽到了头上，一句话都没说地走进了雨雾之中。

刀疤回到家时，他的老婆正和他的邻居坐在客厅里聊天。他的邻居，那个吉普赛人手臂上有很多毛，这是他从前没有注意到的。他和他握了握手，在即将进入更深一步寒暄之前，他就躲进了卧室。他进屋之后，连鞋也不脱直接坐到床上。他默默掏出他画了一整晚的她，正着看了看，倒过来又看。当他最终露出笑容时，他打开了房门，他的老婆和吉普赛人足足盯着他看了一分钟。老婆问他是不是犯神经了。他的样子看上去还在掂量要说的话。在他出门之前，大步流星地折回到吉普赛人面前，使劲握了握他的手。

　　他的老福特再次出现在映雪家门外时，他把脑门顶在方向盘上，竟然有点想哭。在他以为自己再也找不到理由敲开她家大门的时候，她出现了，她冒着雨敲了敲他的车窗。这次，他是以客人的身份进入她家的。映雪煮了一壶咖啡。她为他递上杯子的时候，上嘴唇咀嚼般地动了动，好像在演习她将要说的话。但她最后还是放弃了。他们又进了起居室。她向他示范，如何用手指轻捻一小撮磨碎了的焦油，怎样把它细细地揉进画中。他照做了，在白色的纸上留下了他的第一笔动作。窗外依旧雨丝闪闪，屋里很暗，画面也很暗。这时，她上衣口袋里的电话响了。她打开了免提，电话那头一个焦急的声音还在问着——"画怎么样了？假的那张你找人送到自由港了吗？你送的那张可别搞错了，是复制品没错吧？你可别一不小心把原作给人家送去了，到时候美国海关再查起来我的税，光是消费税和使用税就要扣我350万美元啊……"窗外的雨声盖过了电话的声音，雨丝还在窗外闪动。街对面的一条狗向两边望了望，兀自穿过了马路。一支笔从画架上掉了下来。他伸手去够那支笔的时候，她握住他的手，这次，他有了点不一样的感觉。

//////
危机

//////

一月底回北京之前,我终于在闺蜜的介绍下,见到了帮她冻卵的主治医生。一个会用中文说"你好"的波多黎各出生的美国白人。他帮我做了简单的检查,抽血和月经周期超音波检查都是不可避免的。我问他,怎么样,我还好吗?他反问我,哪有人是绝对好或绝对不好的?但是他也承认,像我这样36岁才想起来要冻卵的女性,确实不多见。

闺蜜说我是"独立冻卵者",听上去像是一个开独立工作室,工作室里储满了大小、颜色、形状不一卵子的那种人。四个月前,她约我在布莱恩公园附近的咖啡馆见面,跟我分享她成功取出31颗卵的消息。她跟我不太一样,她才不到30岁。她有一个爱她的老公杰克，她说不要孩子，她老公就高举双手颠头耸脑地支持。像纽约的大部分丁克家庭一样，他们养了一条大丹狗。我们都是自由职业者，她跳舞，我写作。所以每次见面，她都带着那条狗。它的名字叫"son"，他们也是真把它当"儿子"养的。她冻卵是出于她现在不想生孩子的缘故。她说自己正处于事业的上升期，说不定还有机会混一个 B 角。她是个实际的人，才来纽约没多久，她就知道自己根本不可能拿到 A 角。这里有才华的人可以从布莱尔公园一直横向排到 90 号码头，换成纵向，也可以排到古根海姆美术馆。她有很长的腿，过于长了，以至于她时常沮丧着脸告诉我，如果她矮一点儿就好了。她们舞团的 A 角都是一米五几的身高。我挺羡慕她的生活，她的老公和她"儿子"都很支持她的事业。而且他们仨的腿都很长，远远地在路上遇见，教人以为是两个平行符号牵着一个四条腿的约等号。

去年圣诞节那会儿，她老公为了庆祝她冻卵成功，特意在家为她举办一个百人派对。来的人里面有一个哲学家，他说他在哥伦比亚大学访学。他做研究之余也写写诗，但他觉得哲学家的文学作品通常都狗屁不通。偶尔有那么一两个不错的，像是艾柯的《玫瑰的名字》和巴塔耶的《眼泪的故事》，对正常人而言也太过晦涩难懂。我说我都读过。我不知道我为什么要说这种蠢话。好在，那晚我还说了许多别的蠢话。他看来并不在意，他一直笑着，左脸和右脸各有一个酒窝，不对称。他问我纽约诗界的情况，我说我只在地铁的海报上读到过 Billy Collins 的诗，其他的一无所知。他问我平时写什么，以什么为生。我说我就是投稿，一直不停地投，不停地写，后来我也忘了我究竟写过什么。说完这句话我就断片了，后面发生了什么我一概不知。

翌日清早，我从闺蜜家沙发地上爬起来，一睁眼就收到了他的信息。闺蜜说，昨天我和他都喝多了，我们俩死活要搂着她"儿子"聊哲学。

再见到他时，他的脑袋上涂了一层发胶，人显得精神了许多。我穿着闺蜜的衣服，为了遮掩自己的宿醉特意在脸上多抹了一层粉,应该看上去也不差。他说,我们昨天除了聊哲学还谈到性。我们基本上以谈论哲学和性为主。这两者的过渡非常"smooth"——翻成"顺畅"或者"顺滑",不然就是"柔顺"。他说我们顺着巴塔耶聊到了色情,然后是色情史,再然后我们接吻了。他谈到吻的时候,特意在我的脸颊上吻了一下。

这还只是刚刚开始,但是在内心,在我脑海中构想的那条燃烧着的救生筏上,我已经开始感觉到我必须将他拿下。在作出这个决定之前,我不小心打翻了桌上的咖啡杯。他弯腰帮我擦鞋上的咖啡渍时,我迅速地给闺蜜发了一个信息,我说,我要冻卵。他直起腰时,拉起我的手。我当时心里"砰"的一跳,有一种命中注定的感觉。他厚重的方框眼镜底下,是一双素净好看的希腊石像模样的眼睛。他问起我的事情时眼角总是弯弯地扬起,撇出可爱的鱼尾纹。别的女人冻卵是为了解决"老来无子"的隐忧,我不是,我是为了我们。我希望自己在这个看对眼的男人面前，可以好好地谈场恋爱。至少，暂时不用为了生子而仓皇地步入婚姻。女人在爱情中跟男人最大的不同就是，即便对方不知底细，她还是把他早早地放入到她的计划中，总想努力做好一些分外的事。这一类的好事，在我看来就包括冻卵。从我闺蜜的经验来看，生孩子是不待人兜揽就主动黏上身来的，所以我这一步可谓有备无患。

连续几天，我每天在浴室的马桶上一坐坐上几个钟头——我背着他查好了所有冻卵所需的准备，包括验血、阴超、卵泡发育B超，以及常规检查。我还提前做好了判断女人卵巢衰老程度的AMH化验——每个进行冻卵手术的女人都要做这项评估，因为它不仅关乎取出的卵子数量，还跟需要花费的时间和钱有关。闺蜜将结果传给我时，我直接从马桶上跳了起来。之前没着没落的心情总算是定了下来，在一份"AMH数值介于5和6之间"的报告单上生了根。按照这份化验单，我的卵巢相当于一个28岁女孩的卵巢，医生给的评定意见是——"如果你需要时间考虑，按你现在卵子的数量，过几年再冻也来得及。"

我的心又静了下来。晚上我们做了爱。我觉得我的精神一天胜过一天。后来我竟然呻吟起来，这是我来美国之后从未有过的。中国人来到美国总是不吱声。即便在自己的床上，也是不呻吟，不尖叫，不喘息，在极度压抑中达到高潮。唯一遗憾的是，我还是没有高潮。我喊到最大声的时候，喊的每一个字都有重量，它们重重砸向他，再反弹回我的身上。我说，"如—果—你—高—了—就—高—别—等—我！"他事后给我递上一杯热牛奶的时候，说我刚刚有一种英雄气短的悲凉。接着他又开始滔滔不绝地说起"情欲"这个词的出处，人类最早是如何指认自己的欲望。男人不能理解，一个36岁的女人马上要迎来她人生中最美好时光的这种实实在在的快乐。

我回到北京之后的生活如故，写作，见见朋友。我跟妈妈住在一起，所以晚上还会陪她在小区里遛弯。我对戴口罩这件事最早的印象是在从纽约返回北京的飞机上，有一对中国夫妇带着粗劣的一次性口罩。我当时看了一眼，但是完全没放在心上。一天晚上，哲学家在我遛弯时打来电话，电话那头的他教人感觉都不能呼吸了，他心跳得很快，仿佛嗓子里含着一团火，咽也不是吐也不是。他问我还记不记得他某个下午读给我听的小说 Severance，书名译成中文是"隔离"的意思。他当时还说这小说不像虚构，莫名有种震慑旁人的真实感。想不到如今一语成谶。我听到他这么心焦，第一反应是开心，但没过几分钟，我意识到这也许会影响到我的回程。开心陡然变成了一不留心就割伤手的青青利草，尽管它看起来还是草的样子，嫩油油的开心。

　　从那以后，我们开始每天早中晚打一次电话。有时我起床的时候给他打过去，有时他在我吃晚饭的时候打过来。很奇怪，我们也聊家附近哪个药店的口罩又被抢光了，但我们还在坚持聊哲学。起初，我们还有心情揶揄那些被疫情吓破了胆、乱抛理论出来的欧洲哲学家,但很快,美国宣布禁制14天内到访中国的非公民入境,这时一切都变得复杂起来。我妈找了一个精通《易经》的大师卜了一卦,她转述了他的话说——你目前的处境是"韩夫人惜花",若想脱险唯有自救。我略带苛责的语气问妈妈,为什么要找个算命的来指引她女儿的人生?如果真有本事,不如让美国白宫改个入境公告。妈妈在我临走前拍着我的肩膀说,她可能做错了。不过她也记得,一天夜里我跟哲学家打完电话,我的脸上有泪。

有那么几天,我根本忘了冻卵这件事。我甚至忘了我是一个女人。只有14天内连续辗转于东京和香港之间的飞行,各个国家各个关卡的抽验,才让我感到生活是如此具体。这是一次从未有过的体验。我以前写的那些被退稿的故事,苦难要么是爱而不得,要么就是一个人历尽风霜后的孤独。那些故事过于舒展过于漂亮,人物的内核却是镂空而无力的。例如,我会这样写一个在小镇上卖帽子的女人:

卖帽子的大姐只在下午3点到5点间出现在我家楼下，我们镇最繁华的商业街拐角。她穿得很体面，长风衣配高筒皮鞋，头上戴着一顶用不同毛皮拼接在一起的别致的小帽。我想买她的帽子很久了，终于在那次，有足够多的钱时才敢上前跟她打招呼。我挑了一顶梁子很高的帽子，帽檐上绣着一朵嫣紫色的鼠尾草。她观察了我一阵，觉得我是适合戴这顶帽子的人，才慢悠悠地讲："这是一种经纬都很有筋骨的材料，有弹性，面料又细腻，你可以这样，"她折了一下帽身，"多软啊，你看连折痕也没有。帽子表面用的是植物染色，随着日月的磨损会呈现出丰富的细节。只要你愿意，就可以戴一辈子。"我没有对帽子进行评价。我喜欢这顶帽子，但我不想让对方知道。因为在我看来，我们的关系不过是买卖双方，我的喜欢与她无关。她收了钱，嘴里还在说着一个夏天只能做两三顶这样的帽子。她说她的儿子也不理解她，总是埋怨她费劲巴拉地做这么一个没人买的玩意儿。对很多人来说，帽子不过是一个配饰而已，可有可无。他们看不懂她的帽子。

　　纽约的一个编辑朋友说我的悲哀在于，我生不逢时，我这么多愁善感的人应该生在一个似水年华的年代。我一直不太能理解她的说法，直到14天后，我站在香港机场的35号登机口，夹在几十个把脸捂得严严实实的乘客之中等待护照排查与体温检测，我才明白这从未到来的"似水年华"似乎正在离我远去。在此之前，航空公司的地勤，一个带了两层一次性口罩的男人盘问过我此行去纽约的目的后，在我的登机牌上盖下了一个血红色的戳。我身边的男女老少都戴着口罩，仅仅露出的眼睛看上去也了无生气。只有一个瘦得皮包骨的女孩，她深黑色的眼睛看起来没那么慌张。她有一张漂亮的脸，深褐色的头发一直拖到背上。她的口罩挂在耳朵上，同时耳朵上还挂着一串茶晶做的耳环，跟她手上戴着的手串是同一个材质。

　　在我的故事里，漂亮女人通常都有一个徒劳的生活。卖帽子的女人是一例。眼下，距我不到五米远的茶晶女孩可能是另一例。她挺着一个大肚子，还要专程赴美产子。她弯下腰去跟坐在安全出口的男子搭讪，她用谦卑的语气祈求他跟自己换座位。但他的眼睛扫过她的脸，根本没有停留。我在想，如果这个美女没有怀孕，她是不是就能吸引这个男人的注意？但是这也说不好，因为还有一个大前提是,那得是平静如常的光景，不是疫情笼罩着的日子。她吃了闭门羹后，站在过道里等候空姐。空姐经过她身边的时候，她用更加迫切的恳求语气问询对方，能不能帮她换一个座位？空姐一直用英文跟她交流，她能听懂一些，但是不会回答。空姐说她会去前面看看，但是不能保证一定有位子。女孩就这样站着等候，笑着，有时看看刚刚拒绝过她的男子，左手和右手相互交叉着，发出轻微的啪啪声。空姐回来的时候问她商务舱坐不坐，多加 8500 块。她听后，立刻不吱声了。空姐只好摇摇头，耸耸肩，好像这事跟她一点关系都没有似的走向舱尾。女孩只能再

危机

次央求那个男人，她正准备摘下口罩好好跟他沟通，那个男人就厉声喝道："你干吗你！难不成要摘口罩喷我？"接着他用粗壮的十指捂住脸，嘴里还在说着让大家都瞅瞅这泼妇的话。他身体向前一振，继续骂着，好像要把什么东西从体内释放出来。她显然是被这串突如其来的怒斥吓得缩进了衣服里，头不见了，肚子替她尴尬地挺立在外。她的肚子已经很大了，看上去随时都有可能要生的样子。她的命仿佛拴在这肚皮之上，有一种沉甸甸的徒劳。

有那么十多分钟，她就一直在过道里徘徊。她看上去在找一个连着两座的空位，可是乘客几乎都是被隔开的，每两个人中间一定有一个空位。如果她现在坐到任何两个中间，她都会破坏这个不成文的规矩。而这个规矩就是人与人之间相处的安全界限，他们生怕与邻座的人挨到了一起，连递水递餐具的时候眼皮都不抬一下。她看上去是那么多余。她抓着手中的票根，对着机票上的座位号再看一眼自己原先的座位。可那位子已经被一个蒙头酣睡的人给占了,只露出一双脚踝上写着"發"字的红毛线袜子。后来,空姐来了,像牵着一条受罚的小狗一样将她领向我这个方向。我跟她们目光相交的瞬间,我瞥了一眼自己左边空着的两个座位。我想要把什么东西放到中间这个座位上,这样她就不会坐到我身边。可就在这时,空姐安排了她坐到我这一排靠过道的位置。我克制着自己的不情愿,用缓慢又迅如闪电的目光扫过她的肚子。她坐下后,朝我点点头。这时,我还在跟哲学家打电话。他一直在为我朗读之前没读完的小说,他讲到小说中的女主人公是如何在纽约的一次瘟疫中逃出,女主角虽然不愿离开但是心里却舍不得那些已经被病毒感染的同事。我突然问哲学家,被病毒感染的人会有什么症状?他感到匪夷所思,他这一小时不都在讲这个疫情的病征吗,怎么我现在还问?他说得对,遇到身边这女孩后的时光,我几乎什么都没听进去。他说我安静得不像我了。我说对啊,好像有人用手捂住了我的嘴,闷住我的声音。

危机

　　起飞前，舱窗外呈现出一派隐约的黄昏景象。她花了好些工夫才把安全带系好。等她再次戴上口罩的时候，阳光又没下去一点。她顶着温柔的暮色看了一眼手机，她看得很仔细，似乎生怕等下十多个小时的空中飞行将与人断了联络。这时，机舱里已经塞满了人：我们前一排坐着两个正在看报纸的男人，我前面是个中国男人，她前面是个美国男人；顺着她的方向往机舱中心看去，一家六口被拆成三排坐在我们的旁边，两个四五岁的小男孩拿着《星际大战》里的激光棒相互敲着对方的脑袋，坐在后排的那个小孩显然更机灵一点儿，每次都能敲中；这让他们的妈妈，一个满脸扑着厚厚的粉的女人怒不可遏，直接没收了他们的"武器"，警告他们再不老实就把他们的口罩也没收了。此话一出，两个孩子立马缩回到各自的座位。

　　十分钟后，她告诉我她也有这样一个孩子。那孩子养在浙江老家，脸蛋比那两个男孩还要圆鼓。她从衣服的内衬口袋里掏出一张照片。照片上，一个穿方格灯笼裤的男孩子正冲着镜头憨憨地笑,他手里提着菜笼,裤腿还塞在白色的沾了泥点子的袜子里。她知道坐飞机要关机,这么长时间见不着孩子,她说她受不了。这话一点儿不像是会从一个二十来岁女孩的嘴里说出来的话。她还说了许多关于她的事。她这趟去美国是去和她哥哥会面,她哥哥读完高中就去了美国,现在娶了一个美国女人。她提到他老婆时的语气有点凝重,好像讲到了一些她自己也不愿面对的事情。她又把视角转回到她这个哥哥身上,她说这不能怪他,他不过是一个漂泊在外的苦学生,没有她在身边的日子,他该有多寂寞。但她马上又改口说,就算她为他生了一个儿子,现在怀上这样一个女儿,他依旧失望。就像所有挤破头要在纽约落地生根的中国人一样,他在签证到期时无路可退,他只能抓住靠他最近的"救命稻草"。她背着灯,口气又变成了女人自言自语时才有的那种安慰。她埋怨自己是寄生在他身上的虫子,可他何尝不是寄生在别人身上——一个白人女子,他公司一个过了适婚年龄的同事。我听到这儿，忍不住问她，常人眼中女性的适婚年龄应该是几岁？她看了我一眼，目光停在我眼角的鱼尾纹。她有点恍惚地说，这不是针对我，她一提到那个女人就会有点儿失控。

她一个人的时候常常在想，如果她是他，他会怎么选？她会不会也像掸掉衣服上的芝麻屑一般将她抛弃？然后她又开始为他辩解，她仍称呼他作"哥哥"，她说哥哥对她还是不错的，每个月都会给她转钱，而且还准备把小孩子接到美国读书。她头顶开着的读书灯渐渐暗了，她手中那张相片发出轻微的脆响。她的哥哥和美国嫂子已经办完了领养这男孩的全部手续，只等着疫情过去就可以接他来美国了。我不知道自己为什么这么说，可我确实这么说了："那你至少还有一个女儿。"我的话丝毫没有起到抚慰人心的作用。她看起来更悲伤了，她的眼黑与眼白交织着快速退到眼皮的后面。整个机舱的灯都暗了下去，这时的窗外，入夜之后的云从我耳边嘶嘶地流过。

我想要跟她说，引用米兰·昆德拉在《笑忘书》里提到的"爱情合约论"告诉她，所有的爱情关系不过是建立在一些不成文的合约上，这些合约都是由相爱的人在他们恋爱的头几个星期不经心地签下。不过我没有这么跟她说，因为我怕她反观了自己，发现她活到现在还没有一纸"合约"在手。飞行过程中，我只去了一趟洗手间。我在她面前的显示屏上敲了五下，后来又轻轻拍了拍她，她这才醒过来。她被我的触碰吓得浑身发抖，她紧紧抓住肚子上的毛毯，用手撑着费了好大劲才站起来。在我回来的时候，她正在座位上整理她的东西——一个中国护照、一张美国电话卡和一页写着她美国通讯地址的A4纸。她告诉我她身上一分钱也没有。她出发前，她哥哥特意叮嘱她，少带现金，这样入境的时候能少惹些麻烦。如果海关问的话，她要诚实回答是来美国产子，她还要说自己一切都好。我说，海关大概率会问你在哪家医院生产，术后住在哪里之类的问题。她说她会跟她哥哥一起住在她嫂子家。可你怎么解释你和你嫂子的关系呢？我问。我们是好朋友——我和我嫂子。她说。飞机落地之后，嫂子会来肯尼迪机场接她。

接下来，她谈起了她的这个"嫂子"。这个女人是在三年前的夏天认识她"哥哥"的。他们一起参加了一个前同事的葬礼。没过多久，他们就在同一个教堂举行了婚礼。她没能赶上那个婚礼，因为她当时跟现在的状况一样，即将临盆生产。不过，她嫂子事后告诉她，那场婚礼的规模很小，只有他们俩，外加她的娘家人和牧师。她觉得她嫂子跟我很像，都是那种能看透别人的聪明女人。嫂子知道她也想要这么一场婚礼，于是答应她这次来美国也帮她举办一个。她脸上挂着微笑。这个小小的希望让她有了生下这个女孩的盼头。她还说起上回来纽约时，她嫂子领着她坐地铁的事。纽约的地铁真是奇特的存在啊——它让她觉得自己非常蠢，怎么能把人跟丢了，然后搭上了反方向的车？我说，纽约地铁的设计确实有问题，一个站的两个方向竟然不能站内换乘。她原本要去上东区，抬眼却发现自己身处皇后区；本来要去布莱恩公园，却一路坐到了中央公园；当她以为自己好不容易坐对了车，坐对了方向，却不料遇到周末改线，她想到的站停不了……她坐在车厢的尾端，听着身边的流浪汉睡得正酣，那人脚上大拇指裂开的鞋洞正随着他的呼噜声一起一伏。原本不到 10 分钟的车程，她嫂子花了两个钟头才找到她。她后来意识到，只要她不下车，她嫂子可能就永远找不到她。这样，也就不会有她肚子里的这个孩子。她把双手搓热了捂在肚脐眼的位置。她双眼发亮，脸色绯红，好像听到了这小生命的回答。

我告诉了她我的危机，这次回纽约一个重要目的就是为了冻卵。我兜了一个大圈，讲了我笔下的卖帽子女人的故事，还讲了一些我刚来纽约时的糗事。最后我告诉她，我是为了爱情而冻卵，我想谈一场无所顾忌的恋爱。这是我第一次跟陌生人提起

危机

我的中年危机。语气嗫嚅，很不自信，像在做一件很难为情的事似的。我猜她大概很难理解一个比她大十岁的女人的心理状态吧。何况这不只是心理，我的身体状况也和二十六岁时大有不同——我能明显地感到自己体力下降，新陈代谢变缓，运动了会感到疲倦，不运动又会很快发福。

人可以静静地活着，但时间不会在旁等候。她没有做出非常震惊的样子。她摸着自己的肚子说，这个孩子就是冻卵得来的，她是她哥哥嫂嫂找来的代理孕母。说完，她把脸埋在自己的臂弯里。

比她的话还要突如其来的是一阵突兀的下落。我的思维还停留在她的话里，身体却被一股巨大的俯冲力量擒住。机长广播几乎跟空姐的提醒同时传来，一个说着我们正在遭遇恶劣天气，一个说着我们正在遭遇气流颠簸。不少乘客刚吃过饭，挂在小桌板一角的口罩直接被掀掉在地。浅蓝的、白的、粉红的一次性口罩中间混着一两个绑着黄色绷带的白色 N95 口罩。空姐摇摆着走到机舱中间，央求乘客赶紧系紧安全带。可一些人仍然低着头在过道里找他们的口罩。这时，飞机倾倒得更厉害，伴随着餐具跌落地下的叮叮咣咣声。我们前排的美国男人被他前面乘客的钢笔砸到了头，他的右侧鬓角开始流血。不远处的那一家人，他们的两个小男孩早已哭声震天。他们的妈妈正拿着两根手机数据线加固孩子腰上的安全带。再远处的一对老夫妻，他们蜷在座位上瑟瑟发抖。空姐和多数人一样，吓得待在自己的座位上不敢动弹。她用手抱着自己的头顶，踮起的脚尖忍不住地乱颤。

我身边的她哼哼哧哧的，喘息了好一阵子，像受伤的小动物一样。我始终挨着她坐，牢牢握着她的左手，把手放在她的大腿上。我问她，你怎么样，你还好吗？我想我需要去找空姐，她需要一个医生，这飞机上必须有一个医生——她突然仰面躺倒在我身上，我感到她的身子正在软下去。离我最近的一块玻璃开始爆开，零零星星的碎片像雨丝一样在机舱中胡乱飞舞着。平原、大海、森林，我脑中飞速

危机

地闪过这些可能降落的地点；平原、大海、森林，我要在坠地的一微秒内找到最近的逃生通道；平原、大海、森林，飞机最好是在平原降落，地面的起伏可以将飞机反方向推起来，让我们平安跃过一些起伏；平原、大海、森林，或者是大海，那个什么电影里的萨利机长不是成功迫降在哈德逊河上了吗，要是飞机所有引擎失效，要想迫降就要像滑翔机一样不断调整机身的姿态；平原、大海、森林，不不，我来不及给她穿救生衣，她压在我身上，我们不是被砸死就是被淹死，我们没有时间了；平原、大海、森林……我十指相扣，眼泪滚落下来。

随着一声巨响，飞机停了下来。我醒过来的时候，我的头紧紧贴在她的肚子上，我的左手挡在她腹部最尖处的正前方。我看到一个脸上沾了血的空姐贴近了我，她用英文告诉另一个空姐，再用中文对着我说，我的手上全是血。再过一会儿，我明显闻到新鲜的空气飘了过来，带着一股烧焦的煤油香。好像是她把我叫醒的，她拉着我的右手告诉我，她的羊水破了，她就要生了……那一刻，我觉得世界从未如此辽阔，它在我的四周展开，像一片忽然静下来的海，我们都在温柔的水面上飘浮。

//////

福 利

//////

12月初,我生日当天的早晨,我在电话里跟我妈聊了一会儿。她问起我姐是不是跟我在一起,我们打算什么时候回圣保罗。很快,我说。她希望我们能在圣诞之前回来,因为天气预报说今年的大雪会来得更早,我们如果想进城就要在高速公路封路之前。我去厨房接了一杯咖啡,还帮一个同事的小孩吹了一个气球,我回到电话旁边时,她还在电话那头说个不停。她一遍遍唠叨着我和我姐将要开始的旅程。她劝我们尽早动身,从东岸出发一直开到芝加哥,然后沿途找个汽车旅馆过夜,她估计在第二天晚上之前就能进入明尼苏达州。上帝会关照她的女儿们,她知道。她说完这句话后又跟我确认了一遍我姐的近况，问她有没有跟什么乱七八糟的人瞎混。没有，我说。她有点儿怀疑，但是又不想喊我姐来接电话。实际上，自从两年前我姐跟我妈大吵一架并且一怒之下撞坏了我妈后院养菜的大棚之后，她们俩再也没见过面。我妈最后问我姐有没有钱，我说我可以借一点给她，放心吧。她说她近来会为我们祷告的，之后她才挂断电话。

其实，我连搭灰狗巴士去纽约的钱都没有。我最后的100美金寄给了我姐，她说让我再等她一段时间，她最近买好了"装备"就能赚钱了。我不想知道这次她的"装备"又是什么。她为了上一份工作特意买了一双白色软牛皮的护士鞋。那是大概半个月以前，她在一家诊所谋得了一份秘书的工作，然而她才做了半天就提了辞职。她跟我说，那个牙医总是在没有病人的时候端着咖啡杯到前台咧着一嘴的白牙跟她搭讪。我说，好吧。可我也再次提醒她，要工作就好好工作，她越是这么挑三拣四的，越赚不到钱。她说我不可能真正理解她，因为就凭我的长相，怎么可能理解得了她这样的女人所要承受的社会压力？她又拿这话来压我。从小到大，这话我至少听了成百上千遍。她的确漂亮，打娘胎里就是一个美人胚子。小时候，她皮肤白皙，睫毛卷翘，常穿一件带蝴蝶结的红色蕾丝裙，棕褐色的头发偏分在一侧，她眨着快乐的眼睛，每次在万圣节敲门向邻居要糖时，人人见了她都忍不住要在她的小脸上亲一下。在那众星捧月的场景中，我这个皮肤黝黑的跟屁虫紧随其后，没人看得见我，但是他们会把给她的糖放在我的篮子里。

如果说要搭一个梯子才能够到"美丽"，那么我的那个梯子明显是缺了一档，可能不止一档。我缺的都补在了她身上。她从头到脚无一处不迷人，从小学到中学，我站在她身后帮她收下了数不清的情书。到了她两年前离家出走时，她已经出落成圣保罗有名的窈窕淑女。她还被学校推荐去竞选"明尼苏达小姐"。

她比其他混血儿长得更白，眉眼却仍然带着东方人的清秀明丽。她跟我妈吵架那天，穿着一件黑色圆领毛衣，白皙的脖子上围着一条灰色的羊绒围巾。她纤细的手指夹起一根香烟来，却被我妈的一巴掌抽掉在地。我妈当时有点语无伦次了，她在和我爸离婚后经常有这样恍恍惚惚的时刻，我知道她是在思考究竟是质问我姐这条围巾的来由，还是问她什么时候学的抽烟。我姐丝毫没怕，她从没怕过任何人和事。她横在我妈面前，反手扼住了我妈的手腕。她告诉她，她吸烟不是跟别人学的。这话不错，我妈手背上暴起的青筋，一早暴露了她常年因为紧张焦虑和无节制的吸烟而发抖的事实。

我给她的 100 刀很快就花完了，她再找上我的时候，开口第一句话就是她爱我，想跟我一起生活。尽管非常累，她还是搭顺风车一路从曼哈顿出发，差不多走遍了整个新泽西才找到我这儿。途中少不了受到车主的骚扰，可她觉得只要能和我见面这一切都是值得的。那天下午，她到我家的时候，我刚好炖了一锅牛肚汤。她进门之后鞋也不换，像头饿狼一样端着汤锅大口吃了起来。她吃完了这些,又去冰箱里翻出摞好的保鲜盒,掏出面包碎和凉拌卷心菜和着剩下的汤底一起吃。我等着她吃完了说些什么,可她没有说。我们就这样面对面坐了一会儿。等我站起来去拿冰激凌的时候,她才开口问我能不能收留她一段时间。她说她现在的存款还不如退休的建筑工人多呢。我摇了摇头,揭开冰淇淋盒盖,她却用沾着红油的汤勺抢在我之前挖了一勺。她一边吃还一边慨叹说,我这是什么烂鬼冰箱,冰激凌都成汤了。这个冰箱一点儿不保温,简直一钱不值。我当时埋头吃冰激凌,迎合着她说,对啊,你有钱就帮我换个冰箱。

第二天早上,我想去冰箱拿一盒牛奶的时候却发现冰箱不见了。空出来的位置上摆着我昨天吃剩一半的冰激凌、一根黄瓜和几个空保鲜盒。冰箱呢?这时,我听到屋外喧闹的吵嚷声,我从窗户探出头去看到她正把冰箱搁在马路中央。她穿着我最喜欢的那件白色卫衣和我平时舍不得穿的裙子,把腿跷在冰箱扶手上，笑嘻嘻地跟路人聊天。她后来跟我解释说，她穿得这么风骚是为了引起街坊邻里的兴趣，让他们能争相出价。我说，街坊都傻啊，难道他们看不出这是个不值钱的玩意？她笑了，她说既然我都这么说了，那她就做做好人帮我把这烂玩意处理掉。她告诉我她搬着这家伙在当铺街走了好几个来回，无论她再怎么撒娇，那些捋着胡须考虑再三的中年男人就是只肯出15刀这么多。唯一一个能出到18刀的，提了一个条件，要她的电话号码。她拒绝了，她说自己的心比石头还硬。接着，她又黏了过来，用她的小臂缠住我的脖子，她问我，咱们不是双胞胎吗，你比我晚生下来一秒，你难道不应该托住我？我想，我就是托得太多，事事迁就，才让她觉得跟我要钱是这世上最轻而易举的事情。

多少？我说。在她马上要吻我的脖子前一秒，我郑重地告诉她，这是最后一次。她还是吻了我。然后，她说100刀就够了，当然给多了她也用得掉。"妹，我不想开这个口，但你是我最后的依靠了。"

我说，你可以跟妈说一声，只要你圣诞节回家看她，她肯定愿意借给你一些钱。她脸色陡然一变，让我不要再提那个"死烟鬼"（她从不喊她"妈"，只叫她"死烟鬼"）。我说我不能一辈子都夹在你们中间。她知道我藏钱的地方，娴熟地打开我鞋柜下面的木板，从夹层里取出一个小猪存钱罐。她吹走小猪陶罐上面的灰，眨着长睫毛冲着我说，是吗，可谁的人生不是无可奈何呢？就连存钱罐上的小猪看上去也那么不开心。我说，这是因为她隔三差五就向我借钱，小猪都饿成这副德性。她抱着小猪，临走前给我写下一张欠条。我用一枚图钉将她的欠条钉在我从邻居家借来的小型车载冰箱上，紧靠着日历和一张我们一家三口的合影。然后我就等上了。

　　我一直等着。两周之后，她给我寄来了一张手写的50刀美金的支票。我根本没去银行兑换，因为我知道这张支票十有八九是假的。她一定是在拖延时间，她的银行账户里也根本没有这么多钱可以兑得出去。后来还是我妈告诉我，我才知道这些钱是真的。她也给我妈寄了一张50刀的支票，附上一句话——"烟鬼，圣诞节我不回来过了。"我妈原本以为这是她在搪塞自己，结果拿着支票到银行一试，竟然成功取出钱来了。我妈这才赶忙给我打了一通电话，问我我姐是不是出了什么事儿，她哪里搞来这么多钱？我姐在我妈看来就是一个嬉皮士，而且是没文化、不读书、烂泥扶不上墙的那种。我只能照实跟她交代，我已经两周没见她了。她大概已经回到纽约，看这样子是找到一份不错的工作。我妈在电话那头屏住气等着，她迫切地想知道我姐的去向。以她对自己女儿的了解，这个连袜子都买不起的人怎么突然就有了这么一大笔钱。她喃喃自语说，这不合理，你姐肯定是在搞鬼。撂下电话，她把自己那50刀转到我账上，勒令我今天就动身去纽约找人。我妈不要我姐的钱，她只要我在圣诞前将她平平安安地带回来。

到了纽约，我穿过镶嵌着各种花纹的广场，拿着我姐给的地址来到她家楼下时，我以为我走错了地方。当我第一次置身于她公寓楼巍峨的拱顶下，看到四壁都是同样考究的大理石、镶花图案时，我只觉得眼花缭乱，头脑中迟迟无法将这幢楼与她的形象联系在一起。直到她下楼接我，我像个乡下人一样，对她的妆容打扮目瞪口呆，惊讶不止。她穿着一套精致的动漫服装，拿着一根类似拐杖的东西敲了敲我的背。我一下子没能认出来她。她带我上楼之后，向我介绍了她这个工作室的其他女孩，基本都是刚来美国上大学的中国留学生。她们穿着各种各样的制服，她们脚上的丝袜没有一条重样。其中有一个女孩问我是新来的吗，我只是客气地回答说，我是乌尔达的妹妹。众人"哦"了一声后齐齐地说，你们看上去可真不像是亲姐妹。我想，她们大概是用这种方式来掩饰对我的好奇吧，猜不透我来这儿的目的，但又要表现得豁达大方、并不在意。

　　我被乌尔达安排在里屋一个靠窗的沙发上歇着，她给了我一杯咖啡和几块饼干。我抓住她的手，问她怎么忽然变得这么有钱，还能喝咖啡？还有那些姑娘，她们又是怎么回事？她笑着瞥了我一眼，让我不要操心她的"生意"。接着，她用力拉开我身后厚重的法兰绒窗帘，介绍似的说，这公寓后面就是曼哈顿现存最古老的一座教堂——圣保罗礼拜堂。就是咱们家那个"圣保罗"？没错，就是那个。她又搂过我，用手指给我看，那座礼拜堂的后面就是世贸中心遗址，在911空袭中没遭任何损坏。改天我带你去转转，她对我说。

在我等乌尔达下班的期间，我做了一个梦，或许是两个。我先梦到她带我转到那间教堂里面，我们从密集的人群顶上望去，看到整间教堂都是烟雾缭绕，跟庄严的赞美歌打成一片。下午的光线透过雕花的彩色玻璃窗斜射进来，在烟雾中变得银光闪闪。一个长得像极了我妈的牧师（我不知道我妈为何会变成牧师）向我们同时伸出手，她用细细的柔和的嗓音问道，那么，你终于来了？我睁开眼看了一眼窗外，一些穿着唱诗班衣服的少年正在教堂的后花园里嬉笑打闹。然后我闭上眼继续睡了一会儿，这次梦到的是我姐率领一队身着铠甲的中世纪骑兵，轻而易举地攻占了这座教堂，她以我为人质胁迫我妈（也就是牧师）就范。就在他们双方争执不下的时候，我挣脱了我姐的控制，从高高的窗户上一跃而起，我双脚离开了地面，但我丝毫不害怕。接着一双手抓住了我。又或者是，我们牢牢地抓住了彼此。我假装这个人是一头大象，骑在他身上。再后来，我姐摇醒了我，我睡得迷迷糊糊的，但我清醒地看到那个人的脸，醒来时我正骑在我爸的肩膀上。

她们完成了自己的工作之后，换掉了她的"装备"，排成一队栖息在门口，等着乌尔达给她们一一结算工资。有的能分到 50 刀，但大部分新来的只有 20 刀。乌尔达穿着一身粉丝的吊带蕾丝裙，随着女孩们领了钱离开，她手里攥着的那叠钱越来越少。全都发完之后，她手上还有 150 刀。她递给我 75 刀，我拒绝了。我希望她告诉我，这些钱到底是哪里来的，还有这间高级公寓，她一个人绝无可能付得起。她一边换衣服一边不太认真地跟我搭话，

福利

她脱下一只袖子的时候告诉我这是她跟朋友合开的动漫公司，再脱下另一只的时候却说我也没资格干涉她的事。她的头藏在衣服里面，雪白的肚皮晾在外面，她就这样挥着袖子像个怪物一样向我扑过来，大笑着抓住我的肩膀摇了起来。她很快就有钱了，她还在笑，很多很多的钱。她让我放宽心，不出一个月她就会让我数钱数到手软。说完这话，她从我的背包里翻出一件干净的 T 恤衫，然后请我去这个街区最出名的一家牛肚包店吃饭。

"乌尔达，我爱你，"我说。"你不了解我，尽管我偶尔会煮牛肚汤，但这不意味着我喜欢吃牛肚包。这完全是两码事儿。我有我自己的负担，自从我跟公司请了无薪假来纽约找你，这个负担已经非常重了。"

"所以我答应你一定会还你钱，说话算话，"她说。"你可以百分之百相信我，你收到那张 50 刀的支票了？如果你兑换成功，就该知道我还是有诚信的。"

"你已经21岁了,你不能还把我当作是你的……"

"谁不是21岁呢?你不能总拿你是我妹这件事说事,这样吧,我保证我只需要一个月的时间,到时候我一定还你钱。如果我还不上,你就做姐姐好不好?"

"我是用咱妈给我的50刀来纽约找你的,她让我把你带回圣保罗。"

"这里也有圣保罗啊,转两条街就到了。"她翻了一下嘴唇,想了一下然后回答我,"未来的事情谁都说不准,我只知道我会变得很有钱。也许很快,就在圣诞节前,也许很久,但也终将在某个圣诞节以前,这是肯定的。"她谈论未来的方式,就好像她真的了解未来似的。

接下来的几天,我白天都在大街上游荡,累了就去圣保罗教堂里坐一会儿,然后再出去接着逛。她带我去吃的餐厅越来越贵,并且开始明确地告诉我白天最好不要回公寓来。有一回我早上出门忘带钱包，她和她的同伴们明明就在房间却不给我开门。我站在楼道里等了一个多小时。她开门的时候也只是敞开一个拳头大的小缝，匆忙地将钱包塞到我手里然后就摔上了门。我拿到钱包之后买了一个巧克力夹心的牛角包，我握着那个面包向上帝祷告，或者说我在跟上帝咨询——怎么才能让我姐跟我说真话？那个面包后来被我捏成了一个碎屑淋淋的黑面团，像被剥开的烂棉絮一样。上帝没有给我特别明确的答案。我在那儿静静坐了一下午，想了很多，我觉得我不应该过多干涉她的生活，可我觉得我也有义务把这件事的前因后果搞清楚。她不是别人，她是我姐。

于是我在晚上，趁她洗澡的时候，翻出了她的手机。我点开主页面，人脸识别的标识出现时，我纹丝不动地注视着它，大概三秒过后，解锁成功。紧接着一个对话框跳了出来，一个头像上写着"我爱萝莉 萝莉爱我"的男人发来一条信息，"今天的图怎么样了？快点儿，客户还等着呢。"我不知道他什么意思,随便从相册里找了一张纽约的街景图发给他。那张图上能看到圣保罗大教堂。结果他回了我一句,"这啥玩意,我要的是你妹的肉图!"我有点儿疑惑,"你妹的肉图"不就是"我的肉图",他这是什么意思?我刚要问他,我姐却披着浴巾从浴室里走了出来,她见我还坐在沙发上没动,一把将她用完的浴巾扔到我怀里,撇撇嘴说,"该你了,去洗吧。"她扔给我的正是我从新泽西带来的那条浴巾。

二十多年来,我们一直共用同一条浴巾。我妈对此的解释是,既然我爸不愿意带走一个女儿,把我们都甩给了她,那么我们俩最好变回一个人。其实我一直不懂我妈这话的意思,明明是两个个体怎么能变回一个人?小时候,我以为她指的是连体婴之类的东西。等我上中学之后,我和乌尔达同时喜欢上了班上一个篮球队的小前锋,我才明白我妈是希望她只生了一个女儿,这样,她只用交一个孩子的学费,只用准备一个孩子的午餐,只会有一个女婿。我也希望我们是一个人，这样，我就不用因为她总抢在我前面去洗澡而生气。我多么不喜欢用她用过的湿漉漉还沾着头发的浴巾！我每次接过那条毛巾，多么想放声大哭，多么想谴责自己，让忧郁一股脑地把我吞没。我总是在她身后，我受够了捡她剩下的。可是对于中学的那次初恋，我最后还是跟那个小前锋表了白。小前锋约我见面的时候是在一个下着小雨的夏日夜晚，他在他爸爸的汽车修理行外面的仓库等我。我特意偷拿了一件我姐的裙子（我平时只穿裤子，只有我姐有裙子穿），他在墙根底下捧起我的脸，他看我的表情提醒我，他把我当成了她。每逢他在球场上奔跑，转头在观众席上看到我姐时，他都会立刻将脸转向她，睁着他那双浅栗色的大眼睛，一眨不眨地注视着她的脸，停了几秒后才接着运球。他家距我家需要搭火车坐两站，大概二十分钟。我们在一起之后，我经常到车站送他。不知为何，那年夏天他偏偏认不出站在灰蒙蒙的阳光下的人是我。其实我和我姐的外形还是有一些明显的区别,例如我的皮肤更黑,双颊的雀斑更多更密集一点。我的双唇也不如我姐饱满,她粉嘟嘟的嘴唇总是噘着,从侧面看她柔嫩的线条凹凸有致。我每次与他分别,听着他轻轻念着"乌尔达"的名字,我祈祷他永远不要发现和他共处一室的是另外一个人。

那段时间,我常照着镜子打量自己,我从未有过这样一个时刻那么那么像她。我妈接了几次他的电话,很快就知道了我的事。她和乌尔达都知道我在撒谎。唯一被蒙在鼓里的就是电话那头的傻小子。她们开始用嘲弄的口吻叫我"小乌尔达",但却私下里帮我隐瞒了这个秘密。直到有一次男孩篮球队的队友打电话来找"乌尔达",乌尔达本人接了电话,然后以为这是找她的便匆匆忙忙地赶去学校。后面发生的事,被她用一句"顺其自然"轻轻带过。我记得格外清楚,那晚她没有回家,因为我妈上楼跟我们道晚安的时候,我特意把两个枕头塞在我的身边。我蜷缩在毯子里小声抽泣,一连几个小时,我就这么一直哭。我觉得自己可能哭瞎了眼睛，周围的一切越来越黑……他和她亲吻、做爱的画面在我的脑中哆哆嗦嗦地上升，伴随着她兴奋时疯狂的尖叫。当她第二天清早爬上我的床时，房间依旧是暗的。我面色惨白，牙关紧咬。她在我身边躺下之后，我始终没有转过头看她的脸。我一连几个晚上都没睡好，她好几天都是半夜才回家。这几个孤独的夜晚让我痛苦不堪、无从缓解，我记不清她是否跟我说过抱歉，好像有那么一晚，她侧身转向我，接着搂住我的腰，在我耳边小声说了句什么。

那段时间，我不再吃早饭。我一起床就收拾好书包到学校去，我起来的时候她往往还四仰八叉地赖在床上。我不再和她说话，我尽量避免在任何场合下与她见面。我也怕见到与她在一起的他。她在回家的路上堵过我两次，一次是问我还有没有零用钱，她要买烟；还有一次是问我为什么老躲着她？我说我没有。她说你撒谎。我反问她，为什么最近老堵我，如果她不堵我我怎么会躲着她？她问我，是不是因为篮球队的那个小前锋？她看着我，那样子像在问这男孩究竟是我的朋友还是男朋友？别犯神经了，乌尔达，我说。她站在一片黄褐色的阳光里，头垂得很低，一缕棕发垂过耳际，有光泽的粉红色耳朵若隐若现。她让我放心，她并没有对他认真。她说她也在跟别的男生睡，但她跟他睡的时间应该要比我跟他睡的久。我用力推开了她。她到底在说什么胡话，我从来就没跟他睡过！随即我跑开了，边跑边哭，我感到这个世界与我的联系在那一瞬间切断了。

一个月之后，我变得更丑。日复一日的失眠让我生了黑眼圈，嘴巴周围起了许多小疮，我不停地抠那些疮疤，结果它们快好了却又变坏，有几个还化了脓。我让我妈帮忙打电话跟学校请假，就说我病到起不了床。我理解到自己的多余，我是我，世界是它自己。我意识到所有这一切不过是我那无关紧要的思考——我觉得世界存在正是因为我希望这个世界离开我就不能存在，可是我忘了我自己是多么渺小的一个家伙。我的消失,没能引来任何人的注意。小前锋一通电话也没打。就在我以为我会这么一寸寸地死去之时,她又想出了新的花样来刺激我。她领他回家来看我。他跟我说话时眼睛一直在我身边转,明明就是一副嫌我难看不愿正眼瞧我的模样。他好不容易看我了,却没有看见我。他看到的只是乌尔达的妹妹,一个黑不拉几的小屁孩。再加上一个她,抱着一袋玉米片一直在他身边转,虎视眈眈地注视着我们。我当时气极了,心里一热,只有一个念头——我不能就这么结果了我自己,我要好起来,我要离开这个家。

那条我俩自小合用的毛巾,后来变成三人用,再后来变成四个人一起用。他不仅搬到我家来住,他们还有了一个孩子。他们什么也不想干。不上学,不工作,不帮我妈收拾屋子,不买东西,他们只会冲澡。起初他们每次做爱前后都会冲澡,然后醒来还会再冲一次,但是在乌尔达的肚子大起来之后,他们就不再做爱,乌尔达冲澡的频率明显慢了下来。

最后只有他还在坚持一天冲两次澡，他把多余的精力用在跟街区的黑人小男孩打棒球上。我放学回到家时，他正带着那帮小男孩参观我们的地下室，一点点细数着那些我爸收藏的棒球帽。他穿了一件汗水浸透的印着美国国旗的背心，我们四目相对时他正准备用他汗津津的手把我爸的帽子戴到他头上。我当时快要气炸了，我真的很生气。那顶帽子是我爸最喜欢的，帽檐上还有最出名的台湾棒球手吴明捷的签名。他们这群人脚踩着的也是只属于我爸和我的基地。我爸曾在这儿教我怎么挥棒球杆（我妈不同意我学打棒球，所以我爸偷偷带我一周三天在地下室练习），风雨无阻。

即便是我爸最初离开的那一周，他也曾给我们寄来一封信，信中提醒我不要忘了肩膀要和打击区线保持平衡。地下室的地板上还用粉笔画着打击区的四边。如果不是他们闯了进来，我差点忘了我爸给我留下了这些东西。我也忘了我爸刚走的一年，我每天都坐在地下室连通车库的门廊底下，等他回家。他要做的不过是——走下门廊，转三下钥匙，打开锁了三转的地下室门，走进来。我没问过我姐，她喜欢这个男孩是不是也因为他长得很像爸爸——肩膀宽阔，体格健壮，脸总是刮得干干净净，喜欢对着落地镜照来照去。她从来没想过这些事，她就从没为生活担忧过。她怀孕以后几乎每天看电视到天明，无论我怎么打扫，客厅的茶几上永远堆满了她吃剩下的零食。她看电视剧的时候会轮番给她的朋友们打电话，她告诉他们，她要搬到大城市去了。

乌尔达眼下在纽约混得风生水起，这是我们所有人都没想到的。我妈告诉我，那个"狗娘养的"（她这么称呼乌尔达的前夫）还在跟她要钱。问题是，她一个靠救济金过活的家庭妇女哪有钱养闲人？不仅要养他，还要养他和乌尔达的女儿。这是我妈对我姐说的话，但是等她面对我，她还是会想尽办法劝我救济他们。她说，那孩子毕竟是她的孙女。她还说，那个"狗娘养的"马上就要走出低潮了。问题是，这个低潮持续得也太久了，这孩子眼瞅着就要上幼儿园了，我每个月都汇钱给他们，我姐时不时还要从我这儿周转周转，我的能力几乎快要到极限了。我妈又开始叹气，我听见打火机的声音，她手里的烟已经换了好几根。她告诉我，我不能那么没良心，我和我姐不都是吃着她的煎鸡蛋、笋片、西红柿片、卷心菜长大的，现在再多两张嘴又有什么问题？我说，问题不在我，在他们这一家三口非要搬到新泽西去。如果他们还留在圣保罗，至少可以省下一大笔房租。我妈说，谁让你先跑掉的，你不走，他们会走吗？

到了新泽西爱迪生镇，我才有了人生中第一条属于自己的浴巾。我用一周的时间投了一些简历，面试了几家公司，最后在一家社区银行谋得一份柜台秘书的工作。这是为数不多肯招收高中学历的工作。我要做的事情，简单来讲，就是给银行里的所有人打下手，帮那些客户经理复印材料、收取快递，偶尔也会买咖啡，我需要记得他们所有人的喜好。我们公司的隔壁就是一家男装店，玻璃展示柜里摆出来几十条花色不一、材质不同的高档领带，颜色明朗的如朝霞，光泽黯淡的如夜空，总之我都觉得新奇又好看。我的一个男同事告诉我，他家定制的领带要1000刀一条，光买一条领带还不成，想要真正穿出上流社会的气质就要再搭一条真丝手帕，500刀。这个男同事从不和我们一起吃午餐，他不带饭到公司，他的午餐只吃对面牛排馆里的藜麦沙拉。他的阔绰并没有让他在公司大受欢迎。相反，同事们都躲着他，对他的尊贵不闻不问。

可以说，他是一个死气沉沉的有钱人。有时我端着三明治站在公司窗前，看到西装革履的他，拖着沉重的脚步穿过街道，消失在我们楼下。不一会儿，我身后响起一阵咯咯吱吱的脚步声，他踏过办公室经久未修的木地板，回到他的工位上去。有时我会给他递文件，刻意打错一个日期，他发现了之后就拿着文件来到我的工位。我抬起头来，冲他微微一笑，我也不知道这算不算是眉目传情，我甚至不知道什么是情、怎么传情，我能参考的对象只有乌尔达，我会学着她的媚态看着眼前这一眨不眨的陌生眼睛——那一瞬间我觉得他的麻木如同一层冰霜，正在我面前慢慢化开。

我们的交集频繁起来，尤其是在入秋之后，他会牵着他的狗特意绕到我家门前，敲门问我有没有空出去走走。我们沿着镇上的主街一直走，他的衬衣在闷热的天气中湿乎乎地贴在他胖胖的身体上。他很少说话，他的柯基犬也非常安静。我们一同走过七个街区之后，他在一道刻着他姓氏的铁栅栏门前停住了，他说他太热了，想回家换个衣服。"你在楼下等我一会儿，你不在意吧？我只要一会儿就好。"我牵过他的狗，不动声色地满心欢喜，快乐得有些发蒙。我问了那条狗两次，"你觉得我怎么样？"它耷拉着眼皮对我的话根本不屑一顾。

他回来的时候换了一件新的白衬衫。我们按着原路返回，没走到一半，他的后背又渗出一大块汗渍。我们不得不进入主街上唯一一家有空调的酒吧。酒端来后他付了账，我们每人喝了一小口。那只狗冲着我吼了两下。他摸摸狗的脖子安抚它，然后用同一只手轻拍我的肩膀。再后来，我们吻对方的脸时，我才意识到不知何时我们已经搂抱起来。接着，我停下来，向后缩，我想起了乌尔达，她会在这种场合怎么做，可他抓住我的手腕，再次把我拉近，我们就这样又吻在了一起。

当我正准备开始收拾房子，为我和他的下一步做打算时，乌尔达重新出现在我的生活中。我看到她穿着我的衣服在大街上兜售我那一文不值的冰箱时，我隔着窗户浑身颤抖，心头一揪。她远远的像个傻子一样，脸上挂着饱满的微笑。接着，我看见他牵着狗站在人群中目不转睛地盯着她看。我感到我的幸福将要毁在这个女人手上。我再打电话到他家时，他的佣人接了电话，用冷淡的语气告诉我，他不在家。在那之后，我再也没有去上班。说实话，我怕遇见他。我不知道该跟他作何解释。我猜他肯定认为我骗了他，觉得我是故意佯装成跟他一样的孤单落寞，实际上是俗气到沿街叫卖的女人。

我离开爱迪生镇的那天早上,搭乘的灰狗巴士在公路上抛锚了。车上十多个乘客都待在原地不动,只有我下车帮司机查看轮胎的情况。我们周围是一片山毛榉树林,高高的榉树杈在我的头顶交汇。人和这客车一样,在密林之中都显得极其渺小。我蹲在司机身边,鬼使神差地拨通他的电话,可我停住了,就在司机扭头朝我笑笑说"好像行了,咱们上车试试"的一刹那,我急忙挂断了电话。差不多下午两三点,我们的车才驶入曼哈顿。我看到中央公园冷清清的矮树丛,又看到车窗外经过的街道号码变得越来越大。我渐渐意识到,我可能永远无法将乌尔达从我的生命里掸掉。

我没想到自己会再收到他的消息。他写了一封邮件来说,他在网上看到了我。邮件中附了一张图片。点开之后,我立刻愣住了。照片中的女人穿了一套日本动漫的水手服,一只手揉着自己的胸,一只手正要撩开裙摆。她不再是儿时那个像秀兰·邓波尔那样的洋娃娃,她变成了一朵芬芳馥郁又不知羞耻的花，开放的时候根本不顾体面，抖动着，要所有男人敬献出他们的疯狂。她纤细的手指梦游般的越移越近，就在快要全部掀开给你看之时，那双手停住了，就挡在她的私处前面。她的身后，用英文小字写着"如果想看尺度更大的精彩肉图，请联系某某先生入群"。这种笨拙的遮挡，反倒激起了网友更多的狂热，他们不惜重金购买她的"肉图"，他们称这是艺术、无价之宝，然后在彻底获得那些图片之时，他们会感受到灵魂都得到了救赎，他们在勃发的欲望下浑身僵硬。他也是他们中的一员，不然他怎么会在网上撞上"我"。他还是不了解我，我怎么可能成为图中的那个"我"？心跳平复下来，我又看了一遍。没错，就是乌尔达。

回到现实世界。在我给他回邮件之前，我先敲开了浴室的门。乌尔达当时正泡在浴缸里，她把两条细长的小腿跷在浴缸两边，手里握着手机准备自拍。我不知道我哪里来的蛮力，我几乎是撞开了那扇门。她被我吓了一跳，手机扑通一声掉进泡沫之中。没过多久，她裹着浴巾站到客厅中央，表情比我更加愤怒。她说她的手机进了水，她需要征用我的手机。我说你用手机干吗，拍黄图发网上赚钱啊？她忽然抄起甩在背后的双手，迎面给了我两个巴掌。这是我们认识 21 年来，她第一次打我。我眼前的一切都在动，都在闪光，弄得我头晕目眩。她沉默了一会儿后说，纽约不养闲人，她这么做也是被生活所迫——她一个中学肄业的离婚妇女除了长得凑合，还有任何能拿得出手的东西吗？一天卖二三十张图，就能赚 40 刀，每拉一个新女孩进组，额外还有 20 刀提成。我说，这 60 刀你赚得心安理得吗？爸爸从小教我们做人要有一个底线，遵循一个基本的社会准则，这些你都忘了吗？她听着这话，抽了自己一个耳光。我透过睫毛瞧着她，竭力分辨她的存在。她说这个巴掌是替爸爸抽的，这样总行了吧？然后她说，希望我再也不要提爸爸，那个男人答应的事情最后不都落了空？但凡有个稍微美满一点的家庭，你妈也不会变得那么歇斯底里。我说，你不要忘了，她也是你妈。她伸出一只手,想要抚摸我的脸(可能要再给我一耳光),却被我挡了回去。

后来我想,乌尔达说得对——有那么多人付出昂贵的代价,殊死拼搏,就为了在多少岁以前进入某个特定的圈子,结果却发现在那个圈子里,准则根本起不了作用,更让他们震惊的是,他们极力想摆脱的家伙竟然就是这个圈子的领路人。

纽约就是这样一个怪圈,她才来了不到一个月,就已经成为这个城市天然的一份子。人们以为自己能够呼风唤雨,召唤出来的不过是自己唯我独尊、以老大自居的优越感。我妈对乌尔达的纵容又是出于某种亏欠,她从她身上看到了自己的失败。可谁真正替我想过?她们只有想起钱来,才会顺便想到我。如果我把乌尔达做"福利姬"的事告诉我妈,她也只会抽着烟叹气道,乌尔达不去贩毒或者抢银行,咱们就该偷着乐了。

至于我的那个男同事,我迟迟没给他回邮件。实际上,离开乌尔达的公寓后,我围着她的街区转了十几个圈。最后，我跟一个流浪汉并排坐在一个卖圣诞礼物的商店外。我们屁股底下是一排大理石台阶，台阶后面不断有暖气从商店的铁闸门里漏出来。他抬眼皮看了我一眼，然后把他面前装着零钱的铁盘往里挪了挪。我靠在那扇铁门的另一侧，迷迷糊糊地过了一整晚。

我做了一个梦，梦到乌尔达带我和爸妈一起逛圣保罗大教堂。她用英语介绍完，又用国语专门为爸爸解释了一遍。我一直骑在我爸的脖子上，我要往哪走，他就往哪移。可是没过多久，一群人进来了，他们抓走了乌尔达，而且将她做福利姬"卖肉"的图片抛向教堂的穹顶，抛得很高。有一张图黏在了耶稣基督的脑门上，于是我让我爸驮着我去够那张图。我心里默念，家丑不可外扬。

我喜欢过的两个男人，小前锋和男同事也都在梦里。他们在离我们很远的地方捡到了那些图片。突然，我发现我强烈地不想让他们看那些照片——我把乌尔达看得比我的命还重要——接下来发生的事是我从我爸肩膀上跳了下来，我赶走了坏人并且恐吓他们不要再招惹乌尔达，像我自幼做惯的那样，跟在乌尔达身后，寸步不离地守护她。就在这时我睁开了眼睛，醒了过来。我问我身边的流浪汉现在几点，他睡眼惺忪地告诉我，不到7点。我又躺了一会儿，直到街上的人开始多起来，我站起身离开了。

我用口袋里仅剩的20刀买了回明尼苏达的车票。我沿着路边往前走，不知怎么搞的，又绕回到乌尔达所在的那栋公寓。我在门口站了整个上午，把所有来拍照的女孩都拦了回去。我学着乌尔达的模样告诉她们，我们以后不做了。还有乌尔达的那个上峰，我也转告他，这些女孩都没了，请他另寻出路。他好像预先知道了此事，反应比我想象的平静得多。他需要我退钱给他，我给了他我所有的存款。我还签下一张支票，为乌尔达付清了这个月的房租。往后的路，我想就要靠她自己一个人走了。我做完了这一系列的动作之后，去明尼苏达的大巴已经开过了哈德逊河。我们过了新泽西的高速出口继续往前开，又驶过了一片山毛榉树林。

车窗外的风在怒吼，一阵雨过后是一阵雨夹雪，最后等车子进入明尼苏达州时，就完完全全变成了雪。我走到巴士司机身旁，问他还有多久才能到圣保罗。他指着路面两侧厚厚的积雪说，平安夜之前估计够呛，他无能为力地耸耸肩。

三个小时之后，我麻烦他在路边停车。我说我想自己走回家会快一点。他提醒我，外面的雪可大着呢，这样的天气，人不可能徒步走两公里。我谢了他，并祝他"圣诞快乐"。可我还是坚持下车，靠着两双脚走了十公里。在我推开家门的那一刻，一个红彤彤热乎乎的小东西猛地扎到我怀里。她连着唤了几声我的名字后，我才意识到这是我可爱的小侄女。她的爸爸随即接过我手中的行李，引我到厨房看看她们做的饭。她们？对啊，他说她们为了准备这一餐，都快筋疲力尽了。

厨房的桌子上摆着烤鸡、披萨和蛋卷，炉子上还炖着咕咕冒着热气的牛肚汤。乌尔达正拿着一个汤勺试味道,她舀了一勺之后递给我妈。她们看见我时,同时转过身来。

"快尝尝,泽尔达。"

//////
朋 友

//////

苏晓川迷上了画画。他画家里的几只小鸡,画山上黄狗、獾子和狐狸。然后画人,他爹他娘,一个接着一个,直到画尽了身边熟悉的事物,他决定把家里养鸡的小棚改造成画室。那鸡怎么办?他娘问。卖了,他说。好好的做啥卖了?卖了买画纸。她娘把这事儿原封不动地告诉了他爹,当晚他爹就把他吊在梁上打了一顿。他爹打人用的正是晓川最早勾画线稿时用的尺子。他还有两根铅笔,用到削不出笔芯了,他才买了一根新的。买笔的钱是他画画赚来的,三毛钱,他原本在村口跟傻子开价四毛,但傻子一直跟他比划"二"(砍到两毛)。他说要不这样,他愿意为了他违背一次自己的艺术道德,

朋友

给傻子画一双炯炯有神的眼睛,大家各退一步,三毛好不好?傻子流着涎兴奋地将三毛钱交给晓川,然后使劲拍拍手。晓川在他的掌声鼓点声下,画得快极了,提笔就在画中人眼睛上涂了两个大黑洞。他停下之后,傻子也愣住了。傻子瞪着一对跟那黑洞别无二致的大眼睛看着他,眼神在问,这画的到底是啥?晓川用手拧了拧鼻子,打着哈哈说,你觉得是啥就是啥。傻子不干了,追着他要从他裤袋里掏钱。晓川为了躲他,跑得飞快,一路从北边的镇口跑到南边高低起伏的城郭街道。

镇上大部分的居民都住在这一层层向上横列堆叠着的大斜坡上,街道像一个"川"字夹在两旁人家中间,后背面对着同一列山峰。也有穷一些的人家住得远一些,列在背对悬崖的那一侧。晓川家就在那一列。穷也有穷的乐子——他家后门直通山顶,他像踏着平地大路那般一溜烟地往山上去了。等他插着腰喘着粗气站在山巅处的崖壁旁,傻子早已没了踪影。由悬崖下向上支起的房子,高出街面的那一层在暮色中若隐若现，天色再黑一点儿下去，那些小楼里面就升起烛火来。有人的这些地方，围起小镇的这三条道，是生他养他的鼓岭。

　　傻子不是真傻。他是杂货铺老板王老虎的独子。只是他幼年丧母，王老虎太宠这儿子——五岁才学话，八岁还尿床，处处都比别人家的小孩晚了一步。王老虎从来都知道大伙私下都唤他"傻子"，却还每每纠正他们说，"犬子王富贵。"可这王富贵人在路上，连个直线都走不出一条。无论正面或背影，都跟"王富贵"这个名字扯不上干系。他平日如何在镇上晃荡，又被哪家的小孩欺负了，这些事不到中午就传到了他爹王老虎的耳朵里。这王老虎住在临街的一幢店面楼房中，四层高的小楼坐落在"川"字中间那一竖的正中。有人来他这杂货铺淘换日用品时，他得上三四层楼才能接待客人；有人纯属无聊路过给他捎个有关他家富贵的口信时，他也得老老实实地托着他那积了五六道褶的肚腩从楼下钻上来。

朋友

鼓岭镇的小买卖人，镇中的这几家，都是隔出屋顶的平台来做生意。这在外村的人看来实在奇怪，哪有人一脚踏进的是人家的屋顶？可鼓岭人就是这样习以为常地生活了几个世纪，像王老虎这样的人从不觉得每天出门要爬三四层楼有啥稀奇，只是他这日益沉重的肚皮，坠得他身子发沉，上楼多有不便。可他不愿用这镇上最好位置的店铺去换悬崖边的那一排吊楼，他的爹娘可是告诫过他，他家这铺面占的是鼓岭最好的风水，大门外恰是镇上唯一一条通天的大路。"上风上水，庇荫子孙。"他爬楼梯时常咕哝着重复这句话。可他怎么也没想到，某天下午，他听到隔壁邻居来报王富贵的消息，说他家富贵被苏木匠家的儿子给欺负了。他一着急，上楼时忘了念那"庇荫子孙"的咒，不小心从楼梯上踩空，直接从三楼摔到了地下。虽是镇上数得上的坚固老房，但被他这二百来斤的重量正正砸中，半扇墙的木条子都崩了出来。那木条本就是用双夹的漏缝板马马虎虎钉在一起的，受到这突然的撞击，木条外头糊的一层裹着石灰浆糊的薄薄黄泥直接就不见了踪影，木条咧着嘴劈成了两半，像个半路出逃的叛徒，更像个只会憨笑的傻子。

　　王老虎摔伤的事，是从鼓岭镇茶楼传出去的。目击者就是茶馆的老板，陈水保。水保的身世颇为传奇，有人说他在三十多年前摇着船上了岸，从山后的镇子摸黑走了几十里的夜路，实在走不动了才落在鼓岭这山旮旯。水保就在王老虎杂货铺的对面开了个茶楼，赚的是镇上人闲话家常的茶水钱。水保是个独眼龙，刚来鼓岭的时候一只眼上蒙着块灰不拉几的布条子，这些年经营茶馆攒下来了点小钱，还了当初向王老虎借的那些，手上还有盈余，便换成了个银箔做的盖子罩在瞎了的那只眼上。别人两只眼都看不清的事，陈水保一只眼就都关切到了。关于这只瞎眼，传说就更多了。有人说，这是水保还在湘西做水保时，与他们村的恶人斗殴，留下的"战利品"。也有人说，那是被水保从前的婆娘给戳瞎的，具体原因不详。两种传说王富贵和苏晓川这一代的孩子都听说过,他们更愿意相信前一种。王富贵赶到茶楼时,他爹已经被平放在一块带着水渍的木板上了。气还留着一口,但也是奄奄一息了。王老虎见了儿子,眼泪啪嗒啪嗒止不住地往鬓角下流。他的眼珠缓缓地往左往右都扫了一遍,最后把手落在他儿的掌心,再想交代什么具体的东西,却咽了气。围着的村民,本是嗑着花生、嚼着板栗,竖着耳朵在听王老虎要说的话,谁承想竟亲历了一回"撒手人寰",看得不禁一阵手抖,花生壳和栗子壳撒了一地,壳里面还盛着鼓鼓的瓤。

苏晓川穿着一件青布短褂站在一群看客中间。他身旁有个妇人一直拿着碗白粥在喂怀里的孩子,嘬尖了嘴唇呼哧呼哧地吹着,可那孩子就是哭个不停,一口都不肯吃。傻子还伏在他爹身上,鼻涕眼泪乱糟糟地糊成一片,在他那常年留着口水渍的下巴上又汇合形成了新的痕迹,湿腻腻的。到了饭点,看客们陆续都回家了。苏晓川觉得心中有愧,于是尾随傻子到对面的杂货铺里,看看有什么能帮上忙的。傻子颤颤悠悠地下到家中的厨房，见到条板上的砧板菜刀还安安静静地躺在哪里，菜碗饭碗覆在那条板上，水池里还有洗到一半的香椿苗，他这想起他爹原本嘱咐他早一点回家，晚上要给他烧这道香椿苗。灶是冷的，跟他爹的身子一样。他再用手抓了一把香椿叶，上面带着的泥土的寒气竟冒了出来，熏得他鼻头发酸，要流眼泪。苏晓川靠在一张用棍子撑起的条桌上，看着傻子叹了口气。那天晚上，他带着傻子回了他家的吊楼。

"川"字最西边这一撇便是晓川家所在的悬崖吊楼。到了晚上就都亮起没有磁罩子的电灯，像是一只只首尾相连的萤火虫，照着整条小巷。晓川娘见到两个孩子灰头土脸地回来，虽没听说王老虎的事，但也能看出这准是出了什么事。她问他们，吃了饭没？傻子摇摇头。她打发了晓川去后院提两桶水上来，说是要给他们煮面吃。晓川娘不是鼓岭人，听说是大城市来的，但她自己从不向外人提起自己的身世。只是镇上的人都知道她屈嫁了孙木匠，不

朋友

仅要住这风雨飘摇的吊楼,还要烧饭洗衣。晓川打水回来的时候,对傻子说,我娘煮面可是一绝。傻子这会儿好像刚回过神来,正瞅着晓川的房间——屋子里有张半旧的木架床,被褥也是半旧的。离他的小床不过半米的地方,放着一张稍微大一点的床,那床四周围着白色的蚊帐帘子。透过那帐幕,傻子看到床头铺叠得整齐的被褥和衣服袜子,这些东西统统也都是半旧的。两张床的中间散落着一些铅笔和纸,傻子刚想弯腰去看,却被晓川挡了回去。晓川快速收起地上散着的画纸。就在这时,苏木匠推门进了家门。他扫了两个孩子一眼,马上转身去厨房跟妻子交代了一声,又急匆匆地出门了。等到苏木匠再回来的时候,手里拎了一小块卤好的猪头肉。这是从茶楼买的。他交给晓川娘之后,坐在客室的正中端起茶碗,连喝了两杯茶。他唤了傻子过来,问他可有什么打算?傻子愣在那里,话都说不完整。好在晓川娘端着两碗面送到他们面前,岔开了话头道,吃饭。晓川也抛了手中的笔和纸,眼光瞟到面碗上来。这时，晓川娘又端了两碗面出来，上头还叠着一盘切好的猪头肉。他们四个都坐到客室中唯一的一张木桌上，平常三人分摊的地方现在要装四个人，必须要有一个人站着吃。苏木匠端起面站了起来，他们这一家向来是局促惯了的。眼下这分成五块的猪头肉，倒显得分外大方了。苏木匠先用自己的筷子给傻子搛了一块肉，然后又等着大伙分别都夹完肉，自己又给傻子送了一块。这块肉原本是他自己的。傻子像是被这两块肉勾起了食欲，大口吃面，端起碗来喝汤。五分钟后，这面就见了碗底。晓川娘知道锅里没剩下的了，但还是客气着问这孩子还要不要添面。傻子使劲点点头。只见晓川娘捧着自己的碗去了后厨，回来的时候拿了一个新碗，装着半碗面。等到晓川想要添面的时候，苏木匠直接就告诉他，面没了。晓川刚想去后厨看看，他爹就让他老实坐下，还要他跟傻子赔礼道歉。

吃完了，晓川娘收拾了碗筷，晓川爹口里噙了长长的烟杆靠在门口，两个孩子一人一个板凳还坐在原处。屋子里鸦雀无声,只有晓川爹吞吐烟云时偶尔发出的几声喘息。直到外面下起雨来,门梁上的竹帘子淅沥淅沥作响,两个孩子才又说起话来。晓川跟傻子说,今天就别回去了,留下来跟他一起画画。画啥?傻子问。画……你爹,画出来了你心里就痛快多了。晓川说。傻子把头枕在自己的双肘上,眼睛直愣愣地盯着桌上仅剩下的一个茶壶,白瓷青花的,旁边还有三个小杯,也都是半旧的。晓川娘再出来的时候手里拎着一块油迹斑斑的布,擦了一边茶壶和茶杯,再擦擦桌板。她对傻子说,眼瞅着就要下雨,富贵就别回去了,山路太滑万一跌跤就不好了!靠在门边的晓川爹此时又新装上一斗烟,仔仔细细,没落下一根烟丝。然后他划亮火柴,伸手掬住火焰,吸了一口。光只亮了一瞬间,像是杂糅了青、白、紫的冷调的酸楚,默默然飞到了半空中。孩子们对光是敏感的,他们刚要说些什么,却又随着那光的暗去,呆望着那拱起来的点燃的烟丝而久久不知道该说些什么。晓川爹小心地吐出那口烟来,对着晓川娘交代说，让两个娃娃早点睡。他转身走进雨中，一张半明半黑的大脸逐渐黑了下去。

熄了灯，晓川与傻子挤在一张小床上。他们手脚相背将就着睡下。直到两只苍蝇飞了进来，在他们头上嗡嗡打转，傻子想转身却无处可转，一只脚哐当一声砸在晓川的脑门上。晓川一个鲤鱼打挺，突然坐了起来，把手往傻子身上一推，沉着脸说，你踢死我了！傻子还是没有真醒，他半眯着眼答道，是吗是吗，我对不住你。直到忽地一个闪电，碧亮的电光从卧室唯一的小床上闪进来，傻子才直起腰，揉着眼看看晓川，再看看他们睡着的这用手都可以推得倒的吊楼。他们缓缓地在床沿坐下，望着白帐幕底下空出来的一半，互相看看对方。怎么搞的，我爹还没有回来吗？晓川说。没。傻子咂巴着嘴说。苏晓川让傻子躺着别动，他一个人踮着脚尖轻轻从后门溜出去。他是横了心要去寻他爹，顾不得雷电疾走的大风大雨。山上的泥头被大雨冲松了，他一步拖着一步地往上去，一步浅一步深地试探着。光着脚踩在山尖尖的时候，雨已经小了很多。珍珠大的雨点像是说着悄悄话那般朦朦胧胧地落下来，大街小巷依旧睡在一片昏暗之中。他靠在一株负石孤立的大树下避雨，圆而小的黑眼睛还绕着鼓岭镇的三条大道来回地扫。他爹在他脑中的形象越发活生生起来：一头黑发的高大汉子，两鬓有几缕灰白，穿一件跟他一样的青布褂子，手里拿着一条烟杆。在他的身后，树的后面就是陡直的峭壁。他似乎有一点儿不安，这次的不安比他从前因为画画而招惹父亲的不安相比，厉害得多。从一个木匠儿子到一个职业画家，该是一段多长的距离！眼前这三条路，好像没有一条是他的路。他头一回如此大汗淋漓地紧贴在一面峭壁上，既不是汗，也不完全是雨。

晓川再睁眼时，山谷里静极了，只有不时传来的一阵犬吠声。他看着从他身边潮湿灌木丛中快速奔窜的兔子，不一会儿，就在这小家伙的身后看到了一只狐狸。狐狸身上的毛还是湿漉漉的，它踏着树叶绕过晓川跟前，机警地瞥了晓川一眼，竟毫不在意地继续追赶野兔去了。晓川站起来对着树滋了一泡尿,瀑布一般茶晶颜色的水顺着悬崖往下飘洒。崖壁下面是一条小河,清清浅浅的。晓川听他爹提过一句,他娘从前就是走水路来的鼓岭,这条河也许就连通着外面的世界。他撒尿的时候也把眼前这棵大树看得清楚了些,整棵树长得敦厚、牢靠,模样像极了杂货铺的王老虎。他这才抬头望向天空,白中发黑,依旧黑沉沉的。

再推开家门,晓川爹的烟杆已经挂回到墙上。客室与卧室一样昏暗。这时门锁与门闩发出一声响动,好像有道门被大风猛地吹开。他正想往后门去时,却被一只结实的手在他后背击了一掌。晓川定定神,眼前的不是别人,正是傻子。他正吃着还剩半边的广柑,剥下一瓣到晓川手里头说,快吃,吃完我们去找我爹。傻子说这话时带着点笑,他脑后的一撮头发微微翘起,更显得像是个无忧无虑的糊涂蛋。晓川正要问他这广柑是哪里弄来的,傻子却急匆匆地从卧室拿出几张画纸。接着,他把五六张纸摊开排在吃饭的木桌上。他俩低头看去,晓川双手插进衣袋,傻子紧张地看两眼画又看一下晓川的面色。晓川想了一下,然后飞快地从房里取来铅笔,拿着笔在纸上斜斜地搓画一阵,然后随手把秃了的笔扔了。他还觉得不够,又去房里取了他娘的胭脂,在傻子画的人脸上左右各涂了一抹红。原本看上去呆愣的画中人,脸上忽然有了油光,看着喜庆多了。傻子飞快地瞥了一眼,他头轻轻一侧,脸顿时涨得通红,他说,这也太像……你爹王老虎。晓川替他说完,接着让他带上画,两个人踩着大雨过后湿润的泥土,一前一后往镇上去了。

　　他们脚下时不时传来一声树枝的噼啪轻响,越往闹市走,林间的小动物就越少。一只短尾的松鼠顺着一截树干疾跑下来,跟着他俩走过十几棵树,翘着绒毛浓密的尾巴跳到山脚附近的一截树干跟前,往村中探了一眼,又飞快地窜了回去。

　　镇上传来的锣鼓滔天的敲打声一排排自顾自拨动着,他们走上了"川"字正中那一条,才见到全镇的人都穿着自家最好的衣裳,随着敲锣的、骑马的、抬轿的人回旋着走。人太多了,把镇中大道挤得水泄不通。花轿的彩穗原本应该随着三长一短的锣鼓声有秩序地摇摆,却因为道路上塞满了密密麻麻的人,轿子走不动,连摆动都是迟的。两个孩子与所有人背道而行,轿夫与吹鼓手成行走过他们身边时,每个人脸上都挂着笑意,轿子上端着敬着的是"鼓岭老爷",走在"老爷"前面的是一面竹子编扎的彩楼牌坊。他俩这才在人群中想起来今天是镇上的大日子,鼓岭老爷的寿辰。轿夫全都打着赤膊,晶莹的汗水在正午的太阳下顺着脖颈一直流到小腹。

轿子上的"鼓岭老爷"有着两张脸,一面龇牙咧嘴,双眼圆瞪,像是要斥退一切鬼怪妖孽,另一面却是傩娘头像,神态安详,面容可亲,像是正在默默为鼓岭人祈福。纸扎的"鼓岭老爷"身子底下有个小圆盘,让他随着风而自己转动起来。两张脸交替着出现,露出一种介于人鬼之间的半悲半喜。晓川跟傻子说,那个不笑的鼓岭老爷长得可真像你死去的爹。傻子笑笑。他从未距离鼓岭老爷这么近过,鼓声与周遭人的叫嚷声令他心跳加速,领路人的锣鼓声,马脖子上的铃铛声,滚滚而来,震得他两耳发聋。他们被铺天盖地的喜悦所震撼,想要简单地跟着大家去笑,可却怎么也笑不出来。这种感觉在好不容易冲出了背向而来的人群之后,站在茶楼偏殿的阴凉处,呆望着面色青灰的王老虎时,到达了顶峰。

水保正在招呼客人。茶楼上下两层坐满了人,楼上的看客叼着瓜子把脑袋从木窗里探出来,楼下靠着内殿偏殿的位置上也正在上座。好像每个座位上都有人似的,闹哄哄的声音跟门外的世界浑然一体。他们沿着四方的内殿转了一个圈,绕进偏殿才见到王老虎。他的脸白得像石灰糊的,眼眶深深地凹陷下去,没有一丝血色。这时,水保端来两个盛着白米饭的瓦钵子,交到他们手上。他说,赶巧了今天过节,客人太多,碗没了。说完,他还用自己大而肥厚的手掌拍了拍这两个年轻人。他们谢过水保，用筷子拨弄着钵子底下，下面还装了一点盐水煮的萝卜青菜。水保扭头走了，又去招呼偏殿外头一帮常来店里打梭哈的，他拿着个记账本站在众人身后，总有人向他先借一点零头周转，他就在账簿上暗暗作下记号。

两个孩子的目光又转回到王老虎身上。阳光从穿斗式的棋柱上头洒进来，跟那房梁的结构一样，上密下疏，落在这死尸的身上反倒分成了一簇光和一团星星点点的光斑。他们吃着饭，看看那光，也看看那因为漏雨而浸湿了的磁青色的房梁，不觉地吃得更快了些。他俩把碗放下之后，几乎没有商量，一前一后地抬起放着王老虎的那块木板。他们走出偏殿时，那群打梭哈的还围着一张圆桌，六个男人外加上水保，每个人面前都散着一叠钞票。其中有个人手上的票子最薄，他瞥了一眼正在抽烟袋的水保，水保却一把收去他梭哈的那叠票子，向桌子中间一堆，同众人说，外面过节的都散了，各位，咱们下场再算，好不好？那个输得最惨的对面坐着赢

朋友

得最多的，一个尖削脑袋的男人。他眼睛下面两个眼珠一直在转，一只手压在了水保的手上，对着水保嚷道，怎么，正玩到尽兴就要赶我们走？两个孩子抬着木板盯着看了一会儿，直到这帮人继续打了起来，他们才慢吞吞地离开了茶楼。

大道上的人都散了。只留下一地的彩屑，红色的是炮竹皮，彩色的是小童撒的纸花，还有些可能是鼓岭老爷纸衣服上掉下来的。晓川和傻子踏在这鼓岭人的开心上面，却感受不到众人那种一以贯之的欢喜。这镇中大道原本是不平的，而且是微弯着的。可这眼下无人的寥落情境，似乎让马路的地面平了许多。他们走在正中，也觉得脚下的路是被拉直了的。远远地看去，只有河岸边泊定的船像个穿了斗篷的人，此外剩下的就是他们自己了。离开了刚刚那赌梭哈的茶馆，离了浑浊辣人的乌烟瘴气，晓川觉得自己在这长街上脑筋渐渐清醒了过来。晓川在前面抬着木板，脚下的步子想要快一些。但是傻子却在后面抬得辛苦，每走几步那木板上的尸体就往后坠几寸。眼看着就要走到河岸边时,傻子实在走不动了,喊住苏晓川。他说他爹生前嘱咐过他,不要到岸边泥滩上去。晓川反问他,你爹如果不去河岸,怎么接货呢?全镇人穿的用的,洋布,海货,药箱,不都是靠着这码头在运。他们撂下了木板。傻子拽起上衣擦着脸上的汗,顺手就把衣服上的一块脏抹到脸上,左腮显出了一道黑迹。他连着口鼻横抹了几下,又问晓川道,你爹就允许你去这码头船上看?晓川那清瘦苍白的鼻子明显沉了下来,他忽然想到他娘有一次跟他爹起急,就是为着他爹到这船上帮人取东西。他爹也不让他娘领着他到这岸边,说这些船不是给小孩玩的地方。晓川爬到山顶时常能看到有镇上的男人从跳板上摇摇荡荡地上过岸,他总以为那些是货船,每一只都是把货一卸就要到另一个镇子去装货。傻子打断了他这慌神,提醒他留心去听河上传来的琴声。不只是琴声,还有个声音跟着在唱《阳关三叠》。他们同时意识到,那是个女人。细而窄的喉咙唱着一些他们听不大清楚的词,随着那慢悠悠的琴声，听着像是咕噜咕噜念经的雀儿。他们走得越近，心里动荡得越猛。晓川脸上开始发烧，他回头看向傻子，傻子的脸已经涨得跟猪肺似的，他硬硬地将目光落在他死去的父亲晦暗的酱紫色脸上，做出一副隐忍的样子。

他们都有点自责，不知道为什么能忍得了这午后最毒的太阳，却忍不了这一曲琴声。每弹一下，他们就汗流浃背。傻子走两步就要停一停，一步一回头。眼看着就把架子抬上船了，傻子却说什么也不走了。他靠在船边的一棵珙桐树下，又累又饿，他说他实在抬不动了。晓川也不知道该怎么办，他甚至不知道他们要将尸体运往哪儿去。只是在茶楼里面抬着王老虎站着的那会儿，他见水保完全顾不上他们，一赌气就把死人抬了出来。傻子觉得有热气上冲，直入眼眶，他揉着眼忍着泪说，不然……咱们将我爹再抬回茶楼？晓川说，不行，都走到这儿了，你怎么想当逃兵？等下我们把你爹扛上山，这次我走后头。傻子呜呀一声哭了出来，他说山上那么陡,怎么走人?他爹从前在世的时候就跟他说过,鼓岭这地界本地人叫作"上十里下五里",十里路都在悬崖这一边,从上坡子到山顶根本没一寸平路。若不坐轿子,走可要走掉半条命!晓川没应声,久久地,他们听着歌声里一震一震的拍子重重砸在他们心上。傻子低头想着什么,掏出早上画的那张纸翻来覆去地看。晓川没有瞅他,自己斜靠在树下,两手托了半边脸,目光呆定。又过了一会儿,船上的声音停下了。傻子慢慢向岸边看去,没有女人从船上出来。他走近两步,站到晓川的面前,低声说,再不然……我们先将我爹弄到那船上去,藏藏好。

他们上船的时候,太阳已经垂到了悬崖下头。船篷子用的是茅草盖顶,外头用一个鲜红色的帘子掩住门。从这船身长度来看,篷子底下应有一个四五尺宽的走廊。晓川犹豫了一会儿,想要敲门去问,最后还是怯怯地收回手。傻子两肩扛起、两手背后走在前面,从晓川手上接过了木板。王老虎被安顿好后,他们在甲板上坐下,两人都赤着脚看了一会儿廊外那流着的一弯清水。水以一排小黑石头作为分割,一股自西向东流去,另一股自东向西。小黑石头上面还长着一小簇杂草,被那溪水洗刷得绿油油的。自西向东那一股湍急得多,一直流到河那面去,攀过崖壁之后水势才稍稍见缓。在他们视野的尽头,有两座看上去特别遥远的山峰。日暮的云雾升起以后,几丛树影在雾中若隐若现。远处的山和近处的人家,全埋藏在这云雾中。

不知是追落日还是追这云雾,晓川带着傻子,一层层爬上悬崖边的大坡子。路上除了山就是山,没有别的世界。傻子日头里还噙在眼里的泪,已被山风吹散吹干了。他也不再喊饿,抬头看对面山上的雾,隔溪有一小丛竹林,竹子在晚风中微弯着腰,像他爹在杂货铺开门做生意时的恭敬模样,他看得很出神。直到晓川把几张白纸、三根铅笔和一沓子散钱交到他手上,他这才回过神来打量着晓川。晓川说自己速速回了趟家,他娘让他把这些钱交给傻子。家里只有这么多了,外加上一点儿他爹昨晚打梭哈赢的。他还说，他们现在上山先刨开一块地，明天再用这钱来置办棺材，到不了后天他爹就能在这山上好好睡下了。傻子看上去很受震动，他顺着晓川回来的方向看到一个妇人正立在一盏黄灯下面，远远地在朝他招手。她靠在门梁上，看上去像是灯下的一道竹影倚在墙上。那吊楼前后，有很长的一带都陷在暗暗的沉默里。

等到整个"川"字都亮了起来，各家各户都已有人在烧饭了，他们俩也爬到了山顶。每一盏灯都是一个豆大的光，连在一起映照得鼓岭黄黄的。偶尔有几个人影闪过小巷，也都模糊不清。傻子觑着，不说话，低头画画。晓川几笔就是一张，画得熟练极了，画完之后就开始挖土了。没有土锹，他们就用石头、树枝和自己的手。原本打算挖出一个长方形的墓穴，但是挖到一半他们就已经气喘吁吁，那个坑就像女人的半个指甲盖，弯弯地横在他们面前。他俩同时靠在树上，又向那河岸的地方眺望，始终不见有女人走出那个廊子或是跳上岸来，倒是有几个年长的男人在一盏满堂红灯下站着，抽过一袋烟之后钻进了那船舱。他们略略扬起头，向他爹王老虎所在的那条船望去。

入夜之后，鼓岭河的岸边泊了几十条一模一样的船，桅子多到数不清，上船的男人也逐渐多了起来。再没人幽幽地弹唱《阳关三叠》，可竟也没人发现甲板上的王老虎。他们好像完全忘了挖到一半的墓坑，手里拿着画好的东西对着河岸照。灯光红红地透过纸渗了出来，让傻子画中的王老虎脸上莫名多了几分红晕。晓川拽着傻子把这画向上移，王老虎的脸就在那一片红光点子中动了起来，一切忽然变成真的了！

月亮升起时，傻子把这些画，他画的还有晓川画的，平平整整地铺在土坑底下。云雾散去了一半，剩下的那一半躲到了山峰后面，像一条玄青色的蛇徐徐游动着。冰凉的月色顺着崖壁爬到他们身后的大树上，落在他们肩膀上。他们聊起了长大以后想做的事。晓川脱口而出，他要当一个画家。傻子想了一下，整个脸又红又板，在黑暗中张开嘴巴，刚想要说点什么……只见隔了一片树林，路上有两个灯笼正晃晃荡荡地朝他们走来。晓川冲着提灯人使劲挥挥手，站起身拍掉屁股上的土。他兴冲冲地拉起傻子，两人一路滑跌，什么话都没说，摇摇晃晃地往家去了。

三十年过去，再拿起笔仿佛还是昨夜的事。吊楼里的窄凳没放平，风从半掩着的门吹进来，卷起地上一地的栗子壳。晓川的爹娘听晓川说，傻子在一个名字很奇怪的城市扎下了根。晓川教学生画画的时候偶尔还会爬到山顶，他指给孩子们看，他儿时的朋友就在山的那头，远到看不见的翠城做了画家。翠城，翠贝卡。

//////

星 星

//////

  凡是在蒋故事年轻时见过她的人,都对她有深刻的印象。她是那种站在人群中不会被忽视的女孩,大眼睛小嘴,一张猫脸圆中带尖。一件旧旧的青灰色呢子大衣松松地笼在身上,看见生人时会不好意思地紧紧她的衣领,然后低头抠掉她手上只剩一半的指甲油。有一次她借我穿她的呢子大衣,我穿上后对着镜子照了很久,实在太好看了,好看到我根本不想脱下它。于是我穿着它睡觉,一连几天,我都梦到了蒋故事。呢子大衣上沾了她柔软发丝的气味,闻起来就像是一阵潮湿的风舒适地扑在人脸上。后来她在去美国留学之前,将这件大衣转送给我。我接过大衣,除了说些祝福她的话,还问她这个大衣要怎么洗、洗衣粉是什么牌子。她走了以后,我照着她的推荐买到了那款洗衣粉,可是怎么也洗不出她身上的那种味道。

再听到她的消息,那时我已经在一家报社做记者。晚高峰1号线上,我跟同事挤在车厢的角落里。他将编辑部内部炒得最热的一个料转给我看。那则新闻讲的是纽约布鲁克林一个中国诗人锒铛入狱的事。有什么具体的原因吗?我没点开页面,略带敷衍地问我的同事。他倒是很耐心,分析了前因后果,又加上了自己的推论,最后还不忘给我瞅一眼那个爆料人的照片。照片中的女人微笑着,双手扣在一起。她的眼睛被打了马赛克,但是她那种与生俱来的古怪感依旧透过照片完好无损地流露出来。我一眼就认出了她。照片中的她肯定是因为身上那件肩部过窄的外套才会显得那么局促。我的同事也盯着她看了一会儿,然后接着刷其他新闻。我接下这单爆料的原因,是因为她。我想知道这些年在她身上到底发生了什么事。我的头儿、编辑部主任将她的微信推给我的时候，我正擦着我的眼镜，一遍又一遍，直到五分钟之后，她主动加上我的微信。

她没有说"嗨"，只是让我等她一下。她这会儿正在一家灯光晦暗的快餐店里吃饭。她发了一张照片过来，然后解释说，她环顾一周后发现，坐在她前面卡座的美国老头已经喝醉了；在他隔壁桌的一对法国夫妇一直盯着他的桌子看，她估计他们是想换到老头的位置上，可是当老头的目光与他们交会时，他们反倒友好地冲他点点头。看着看着，她就吃完了自己面前的汉堡，桌子上的茄汁没了，虽然只剩一口汉堡和一点薯条，但她告诉我，她还是向店员要了一盒新的。

我问她，我们有十年没见了吧？她顿了顿，好像在思忖什么。大约十分钟后，她问起我还记不记得我们小学时一起看的偶像剧，男主角历经一系列的磨难之后终于回到了女主角的身边，他们要接吻了，可就在这时候，她做了什么？我说我当然记得，她太奇怪了，她偏要把电视机停住，让这对恋人在我们的现实世界中焦灼地等待。七天之后,他们终于通过了她的"批准",在我和侯大爷的注视下接吻了。而且那台电视是我们院儿小卖部侯大爷的宝贝疙瘩,我连着买了一个月的干脆面和东北大板才说动了侯大爷不要换台、不要关电视。她发来一个奸笑的表情,然后说,对啊,常人不能理解我的世界,不过这些陈年往事,你怎么还都记得?

关于你的,哪怕事情再小,我也记得。我说。

这些年,你好吗?她说。

我原以为她会停顿,东拉西扯讲些其他的东西,就像她从小擅长的那样。但她这次没有,她先问了我过得怎么样。我的生活跟她相比总是乏善可陈,我能怎么样呢?我只能尽量找出一些在外人看来值得称颂的事件。我结婚了,还添了一个女孩。她却又问了我一遍,她说,她是在问我,我到底过得好不好?我说,我的生活发生了很多变化,如果她还没生孩子,就不能明白一个女人怀孕之后的感觉——忽然发现自己不再是少女的那一刻,也意识到自己从来不曾是个少女。年轻的时候我就没有她漂亮，寡淡得如同一张白纸。跟她相比，我不仅白得无趣，而且像是被人折了角的纸，腹背相贴，能够清楚地触到自己的局限。我大学的同班同学成了我的老公，尽管谈恋爱期间我没收到过一封情书。后来我问她，她还写不写故事？那些类似诗一般的文字，她笔下的微观世界，一些记忆的香屑。像是这句"眼泪，是在睫毛上做彩虹的第一步"，或者这句"经过它周围的风，摸到了它可能的形状"，都是我过去最爱读的东西。

她给我打了一通电话。她在电话那头告诉我，她不再写诗了。她说她虽然没生过孩子，但是她想象得到我生产的时候子宫急速收缩、婴儿硬硬的脑壳滑过体内的那种痛。她甚至可以设身处地地体验我的痛苦。然而，现在这一切都不同了。她因为一个人不再写诗，她对别人的痛苦不再敏感。尽管有些故事仍然压在她的心头，她却不想把它们写出来。她只想讲一个故事。算了，她马上又后悔，她让我当她什么都没说。我说,我对诗一窍不通,但我觉得她写的东西很美好。我的话让她安静了很久,我听得到她没有挂断电话,她应该正站在一个红绿灯下面,电话里信号灯闪烁的滴答声格外清楚。她好像闭上了眼睛,她隔了很久之后才告诉我,她没办法……她完全不能去想他,害怕回想起他总是被书划出口子的大手在她脸上抚过的种种方式。她必须竭力禁止她脑子里闪过的念头,关于他和他的温柔。

在纽约,当一个诗人几乎不需要任何成本。写一首诗,可以换来楼下面包店的一根法棍,或者在朋友举办的聚会上收获一篮子来自陌生人的困惑。刚搬到纽约的头几年,她经常出入这样的聚会。暮色将至的时候,她和一群破衣烂衫的诗人挤在房东家逼仄的小厨房里,听着一个既是诗人又兼职做DJ的男孩用一台小唱片机放起了重组的黑胶唱片,跟同样出身市井的街头卖艺者一起吐槽纽约上流社会的那些知名诗人。诗人怎么可能知名呢?哈哈哈哈。名人能写出什么好诗?哈哈哈哈哈哈。他们会把自己的诗打印出来,然后蒙住眼睛从屋子的一端向这一排诗走去。即便一个人非常想读自己的诗,他在黑暗中也难以笔直地走向自己的作品。就这样,他在类似疯人院的喧嚣吵嚷中静静走向了她的诗。他摘下头巾时,她低头看了看沾在自己胸前的糖浆和饼干碎,她再抬眼看他时,他们同时停住了笑。

她开始和他约会。他渐渐说服她跟自己一起工作。他那时在帮一个法拉盛的旅行社做导游,他每天按照上峰给的名单开车到各家酒店接上客人,她并没有多余的活可做,有时坐在副驾驶上还多占一个客人的位置。为数不多的驱车同游,他们周围都跟了十几个国内来的旅客。他们带着他们到指定的纪念品店购物、到指定的中餐馆吃10人一桌的团餐,还帮他们照相。他从来没有主动找过任何跟文学有关的工作。说实话,她也不知道他们要靠什么生活。

他们最初几次见面,总是他付钱买咖啡、酒和书,但很快他就把钱花光了。等到月末要付房租的时候,没等她开口,他就背着一个行李卷站到了她家楼下。

诗社里的几个朋友偶尔给他找点活干,像是去唐人街的美妆店里做面膜销售,或是去一家叫陆羽书斋的双语书店打工。美妆销售其实赚的远远高于书店的活,因为他长了一副沉郁白净的书生脸,颇受成年女性的欢迎。可他还是没坚持下去,他受不了半夜接到陌生女人打来的电话,他也不愿意每次接电话的时候都吵醒在他耳畔熟睡的她。

在纽约彻底把他磨平之前,他辞去了旅游团的工作,在陆羽书斋找到一份全职。那家书店在第七大道和第八大道之间,藏在一家印度人开的烟草铺旁边。老板是一个80年代就移民美国的北京人,书店的常客都叫他"三爷"。三爷第一次见这对年轻诗人的时候,说他们让他想起了《北京人在纽约》里的年轻夫妇。多聊了几句之后,三爷发现他也喜欢弗兰克·奥哈拉的诗,于是取出斑斑锈痕的梯子,爬上阁楼取了一本奥哈拉的手稿。他从三爷手中小心翼翼地接过薄薄的一沓书稿,踮着手尖(她说类似人踮着脚尖)翻过那些旧得发霉的黄稿纸,然后他在某页纸面前停下了,他润了润嘴唇,读道——"我得离开这儿了。我挑了一条披巾和最下流的日光浴。我会回来,从山谷里,我会卷土重来,然后一败涂地。"她说,她从未见过他如此开心过。

在那首诗之后,他成为了三爷的助手,每月500美金。好处是不用付房租和水电费,他们就住在阁楼,上面有一张单人床尺寸的床垫、一个摆满了手稿的书架,外加一张椅子和一个书桌。他跟他的诗人朋友们说,他现在有了份稳定的工作,专门负责书店的善本和手稿。他的老板品味奇好,收藏了包括奥哈拉、威廉·卡洛斯·威廉斯在内许多美国现代派诗人的原作,但他的说辞显然并未引起他们的兴趣。他们问他,还有别人吗,更出名的?他用了整晚把阁楼书架上的书稿翻了一个遍,大部分都是他闻所未闻的人写的诗,内容大都跟奶酪、威士忌、阳光、女孩有关。

他在窗户边踌躇了一整晚,看着幽静、漆黑的街道上驶过的车打出两道湿漉漉的光柱。第二天傍晚，雨停了，他请了朋友们来阁楼上聚会。他让她帮忙从书架顶层取下一本书，他接过书故作深沉地掸掸书的封面，取出中间已经脱了页的书稿。所有人都围了过来，看到最后一页的时候无不惊讶地啧啧称奇，墨蓝色的花体字上写的竟是惠特曼的大名。然后，他若无其事地扣上了书说，惠特曼的手稿也不过尔尔！她把手放回书架的时候，不小心看到了书脊里面被撕掉的贴纸，上面印着"布鲁克林图书馆馆藏"。

这样的聚会，一周总要有三四次。蒋故事每回都会屈膝蜷在他们唯一的椅子上，看着他乐此不疲地将一捆落满灰尘的旧书稿或旧杂志从一个地方搬到另一个地方。他将一些无名氏写的诗交给她，让她帮忙托着。后来，他整理出来的"无名氏"越来越多，她的双手双脚都不够用。他们便将这些诗作一字排开，一一摊在凹凸不平的木地板上。在他们同居的三个月里，他们把这间不足20平方米的隔间改造成了一个无名诗人展示自己作品的展览空间。

他们的朋友们管这儿叫"无名诗社"。那些诗，新的旧的，打印的手写的，全都混在一起。

　　他喜欢那种陈年的尘味，这让那些稿子闻起来像一个爱抽烟的七八十岁的老头子。那是家的味道。她偶尔也会用纸条记下她脑子里闪过的念头，像是有一天她疯狂地想念我们中学食堂里又大又圆的肉龙时，她就写了这样一首诗——"我吃肉龙的时候，要就着一颗星星，吃一个，再打包三个，让它们在后备厢里烂掉。"那也是她第一次萌生买车的念头，她还特意趁三爷不在偷了他的车钥匙，溜进他的车。她把车灯打开，望着正前方的路发怔，她始终没有转动引擎。她跟我解释说，那一刻她意识到拥有一辆属于自己的车这件事可以离她这么近，她明明有机会开着这辆车一走了之。隔了五分钟，再回到他身边时，她亲了一下他的脸颊，只字未提车的事，然后在地上一张纸的空白处写下一句——"房子里的每一盏灯都还亮着"。

　　书店的生意不好。有时一天都卖不出去两本书，实在没人来，他就自己掏腰包买书。渐渐，书越来越多，占满了整个房间，桌子椅子上摞满了书，最后那张单人床反而显得十分多余。一次三爷爬上阁楼来取书，他为了不让三爷撞破他自买自卖的真相，慌慌张张地将书藏到床底，唯独冰箱上的那一沓奥哈拉的手稿他刚看完，还没来得及收。她见他着急，就想也没想地把那叠稿子塞进了冰箱。他们后来都将稿子的事忘得一干二净，尽管他们还跟三爷在阁楼聊了很久，三爷问他们懂不懂俄语，他最近要从朋友那里收一套马雅可夫斯基的手稿。蒋故事没读过，她相信他也没读过，但他仍然碍于面子说他略知一二。

三天后，奥哈拉被从冰箱里取出来时，他正在疯狂地读马雅可夫斯基。他兴奋地在书店里蹿上蹿下，取出所有与俄国相关的诗稿，反复地看，然后笃定地告诉她，马雅可夫斯基是他读过的最温柔的诗人。至少诗人本人是这么说的。她从冰箱里取出冰凉的奥哈拉，摸着这些手稿，将它们放到有阳光的窗台上。他的赞扬没有就此停止。他说马雅可夫斯基的温柔是装出来的,他并不温柔,甚至有些残忍,在他的诗里——韵脚是一个火药桶,诗行是导火索,诗行冒烟到末尾引起爆炸,于是整座城市随着那节诗,飞到空中!她从没见过他有这么多话要说,她羡慕他的天才,但是期待的却是——此刻,他能放下手中的书,走过来给她一个吻。他又改口说,马雅可夫斯基还是可以温柔的,不然怎么解释他能写下"捞星星煮的鱼汤"这般童趣盎然的句子?她忽然问他,有没有读过她写的那首《肉龙》,里面也提到了星星……他对着她"嘘"了一声,接着他们陷入一阵尴尬的沉默,她意识到她在他心里可能还比不过一首诗。

在三爷把那叠手稿交到他手上之前,他已经变成了一个"马雅可夫斯基通",成为他们诗圈里研究这位写星星的俄国人的头号专家。他在众人面前大声朗读着"在余烬未灭的脸上,从裂了缝的嘴唇,长出了一个烧焦的吻",然后用力在阁楼上跺脚,他们踩在那些无名氏写的书稿上面,他不仅自己这样做,还邀请他的诗人朋友一起,他的脚踏到她的诗上,她感到自己正在从那个场景中淡出,她靠在阳台边抽着烟,开始出神地回想她离家出走的离奇经历。

"时钟敲了八下,九下,十下……"这是她记得最清楚的一句马雅可夫斯基的诗。她不应该这么不喜欢马雅可夫斯基的,也许是因为他的缘故,她竭力想抹掉所有有关他的记忆。她告诉我,爱可以被一层层剥下,直到它变得不痛不痒。她提起了她的继母,那个我也见过的蜡白发亮的小圆脸女人。她说,他们一家到了纽约之后,继母就生了一个小男孩。在这样的环境下重读一年高中的蒋故事,本来是个活泼好动的女孩,却不得不做一个静悄悄的隐形人。她原以为认识了他,自己的生活有了盼头,她以为《雷雨》中的雨终将倾盆落下。可他却开始不理她了,不是真的不理,而是那种精神上的,她说不上来,但是他会故意把她递来的香烟捏皱。她依然坐在窗口。他抽烟时的眼神像是在蔑视她,但更像是完全没有留意她。

这时,我进了家门。开门时撞到门后撑开的一大一小两把雨伞,我这才知道老公接女儿回家的路上下雨了。

她丝毫未察觉我的动作,压低声音,还在继续讲着。她身后的背景越来越安静,我甚至能听到她抖头发的声音。

在一个湛蓝的夏日酷热下午,他从宿醉中醒来,叼着一根烟在阳台边晃悠。然后,她醒来的时候,他就站在同一个位置,脸悲痛地皱成了一个团。他攥着沓手稿,对着她的梳妆镜坐了下来,他含糊其辞地咕哝了几句,接着开始用他的手掌拍打他须发凌乱的脸颊。直到她从床上滚了下来,紧紧抱住他,他才闭上双眼。她却突然从这惊诧中清醒过来,意识到连续数日的烈日晒干了这些可怜的手稿。他试图将手里的稿子交到她手上,但一阵风吹过,那些纸片就像落入水中的霜一样纷纷化开。接下来的一周,他不是喝酒就是在睡觉,谁也不见。他似乎在梦中哭泣,她似乎听见他说了几句迷迷糊糊的话,声音低沉得好像从他肚子里发出的,中间还夹着几声一惊一抽的叹息。重新吸气,再呼出来,这徒劳的动作反倒变成了他唯一的指望。他不再读马雅可夫斯基了,因为他知道在毁坏书稿的这件事上谁也救不了他。

那几日酷热难熬,三爷没来店里。阁楼里连个简易电扇都没有,四下里尽是密不透风的热。她拉着他爬上屋顶,在能看到哈德逊河的一个屋脊上坐了下来,她握住他的手,想用他的手替自己数星星。可他拒绝了。他没有凝望星星,而是目光低垂地看着路上的行人,还有一辆辆到站又驶离的夜班公交车。他再开口说话时,提到他们可能要离开这里,说穿了,这儿也没什么好留恋。他又说,写诗这件事本身就是毫无意义。一个人不能对着没有一颗星的布鲁克林星空,谎称他同时看到了南北半球最亮的星。他读了她的诗,建议她把有关星星的那一句删掉。

"文学从不天真烂漫。"这是她搬走的那天，他把行李帮她搬上货车之后对她说的最后一句话。货车的引擎拉动，他在阳光下半眯着眼抽着烟，默默地往一旁挪开一步。后来，她听说他赚了一些钱，搬到了三爷帮他找的一栋公寓。他还坚持在自己的公寓里办诗社，定期召集一些中国来的"纽漂"诗人聚会。

她跟着她之后的男朋友去过一次，看到了挂在墙上的一些手稿。那些手稿镶嵌在一些高档的镀金画框中，她凑近了一张张地看。这时，他走了过来，端着一杯冒着气泡的香槟跟她和她的男友说，如果你们喜欢，这些名家的手稿都可以出售。奥哈拉、阿什贝利、威廉·卡洛斯·威廉斯、兰波、华莱士·史蒂文斯、马拉美、阿波利奈尔……她只辨认出了这些人的名字。贩售这些手稿显然把他从湮没无闻的拮据生活中拯救过来。他开始跟着三爷频繁出入上流社会的酒局，他从那些人手上得到了更多的手稿，再请更有钱的人来公寓里看那些裱好的诗，一首首拆开卖。她闻到他直挺的西装外套上沾着些许早餐的味道，煎鸡蛋、炸火腿片、面包、黄油、三文鱼头和咖啡，他们从前想都不敢想的豪华早餐。她在后厨一个黑皮肤的女佣身上闻到了相同却更浓烈的气味，那个佣人正忙着冲洗沾着口水和口红印的香槟杯。客人中诗人只有几个，他们也都一早离场了。最终剩下的只有大聊着诗歌艺术的证券商和银行家，他们的话头围绕着奥哈拉转，但却永远落不到具体的某句诗上。如果他们碰巧遇上哪首十分费解的诗，他们就会刷卡买下那一首。

"人们就是喜欢给自己不理解的东西贴上这样那样的标签，"他端着香槟走过来，对她说，"他们以为把这些'不解之谜'买走，他们的人生就透彻了。"她的眼光落在了墙上最上面一排的奥哈拉组诗，那组诗共有十多首，每一张稿纸都用亚光黑色的硬卡纸托底，镶入金红色的边框。公寓的地毯也是金红色的，从门口经过走廊一直延伸到厨房，好像能把整个布鲁克林连同他俩、星星和奥哈拉一起卷过来。

她告诉我,那时他的新生活算得上是"诗意的栖居"。她收到他亲自寄来的请柬,为了去参见奥哈拉手稿在曼哈顿的拍卖会还特意买了一条露背的晚礼裙。她在《纽约时报》和《时代周刊》上都看到了这场拍卖会的介绍,记者们将它写成"举世瞩目的遗稿拍卖",而那些稿子都是她再熟悉不过的,她到现在还记得自己从冰箱里将那些发皱的黄纸取出时冰凉的手感。拍卖会当晚,她准时出现在曼哈顿上城的拍卖厅。她在接待处看到了他,他正穿着擦得锃亮的尖头皮鞋忙着跟入场的收藏家握手。他们寒暄着,彼此吹捧对方的气色,又聊起这套手稿发现时的场景。他告诉他们,这是在他朋友祖母家的阁楼上发现的,那时老人家已经有点痴呆了,完全忘了这沓稿子的存在,险些把它当成奶酪放进冰箱。

人们大笑着。其中有一个后脑勺半秃的中国商人使劲握住他的手,告诉他,自己也曾在一个农妇家里淘来一张差点当柴火烧的明代官帽椅。"历史总是在重演!""可不是吗,您今天要是拍下了奥哈拉,相当于是在挽救历史。""还创造了历史!"他们再次握手,她远远地看着他活像是一个上了发条的玩偶。那晚拍卖进行得很顺利,她原以为会有明眼人当众揭穿这些奥哈拉的问题,但这件事却迟迟没有发生。五个人争相竞标,最后由出价最高的那个中国富商够得。富商在作品交接仪式上发表了一通感言,他提到自己今后将陆续再收藏一些纽约名人的东西,譬如手稿、信函和初版诗集。他还向记者透露,自己年轻时的梦想就是做一名诗人。

那批奥哈拉最后拍了五万多美金,他和三爷三七分,他到手的只不过一万五。他用这些钱攒了一本"纽漂"诗人的作品选集。他向她约稿,但是她什么都写不出来。他问,"那首关于星星的诗呢?"她每隔几个字就顿一顿说,"你是说那首《肉龙》吧,我早就把它忘了。"后来他又传给她几首英文诗，要她做翻译。这些诗出自一些纽约长大的华裔年轻人之手，他们想写中文，但是苦于中文不够好。她说，最好的译者也不过是穿着雨衣洗澡，无法还原作者的本意。他们还是组成了一个小小的编辑部，一个月定期在他的公寓里见三次或者两次，他有时审稿到一半就急匆匆地出去，露面时也是不期而至。她按着他的意思，跟其他编辑把那些诗作平铺在公寓里那张柔软似苔的大地毯上，从门口一路铺到厨房。她用肘支撑起上半身，隆起双肩趴在地毯上读诗。每天都有几十封信寄来，中文、英文、中英双语的，好像整个纽约城想写诗的年轻人都狂飙般地涌现在他们面前。

她替他把这帮年轻人请到家里，请他们念自己写的东西，给他们面包和酒。每个人的声音都不同，有的听上去像是一只山雀，有的听上去像是已入耄耋的长者，他们读到一半偶尔会停下圈出诗句中用词的问题，摆摆头，他们跟奥哈拉之间的差距就在这些小词的使用上——好的诗人总能毫不费力地表达出想说的东西。他们曾像我那样问她,为什么不写写诗呢?她跨在公寓的窗户上,手里握着一沓稿子,看着午夜楼下络绎不绝的行人,她回答说,她就是写不出来了,自己也不知道为什么。

诗集的名字是他取的,就叫作《星星》。《星星》一直卖得不好,小范围里流行过几个月,但读他们诗的人几乎都是熟人。在一个下着蒙蒙细雨的傍晚,三爷拿着一本《星星》出现在公寓,他斟酌了下字句,沉默了半晌后说,明天会有人来收这间公寓。书斋的资金链断了,他晃了晃手里的杂志,这是咱们的最后一刊。三爷取走了墙上所有还没卖出去的名家手稿,只把那些杂志留给了她。他还嘱咐她,如果有警察问起来,千万不要承认自己认识他。第二天上午,当穿着防弹背心的警察冲进这所公寓时,她闭着眼睛,把头埋在手里,像个傻子一样坐在窗台上。雨后的天空泛着透亮的青光。楼下一间剧院门口,人们乱哄哄地鱼贯而出,她猜这准是哪场电影散场了。她正准备递一本杂志给他们看时,被这些人瞬间按倒在地上。

　　她被继母保释出来的时候，才从继母的口中得知抓她的那些人是联邦检察官。他们现在正对她参与制造假手稿的事展开调查，他们还让继母转告她，如果可以检举另外几个出逃的同党，那么她有可能被从轻处理。在警察局门口，她的继母当街给了她一巴掌。她们怒目相向，却没有高声对骂。她捂着脸若无其事地问，她爸怎么没来？她的继母接着又给了她一巴掌，你还知道自己有个爸？她做了个鬼脸笑了起来，这两巴掌打得她如释重负，解脱了。继母又塞了一叠钱给她，让她再也不要出现在他们的生活里，"如果你被美国政府起诉，也休想跟我们扯上半点关系！"那天刚好也在下雨，她的继母罩上一个米色的斗篷，转身消失在丝丝缕缕的雨中。

　　再后来，她就向我们报社爆料了自己的故事，唯一不同的是她以他的名义来讲述整件事。她在这则新闻中补全了事情败露的全过程，她形容得仿佛她就在现场。问题还是出自那组奥哈拉的书稿。

当那个半秃的中国商人从拍卖会上高价购得这批手稿，他为了炫耀特意请了纽约最权威的书信鉴赏专家来家里聚会。宾客中包括一个哥伦比亚大学的教授和一个摩根图书馆的人，他们都对奥哈拉的亲笔签名有些疑问。尽管他们当场没有拆穿，但他们一直反复端详着那组手稿。收藏家又拿出一些他从陆羽书斋买来的初版书，本想着以此来打消这二人的疑虑，没想到的是其中一本初版书的原本恰巧收藏在摩根图书馆。那个图书管理员根本不在乎这个藏家的颜面，当众揭穿了这一屋子的赝品。他指着墙上的那些奥哈拉诗作说，这是普通人肉眼可辨的假货，连高仿都算不上。藏家将这些手稿送到专业的司法鉴定机构，在鉴定结果出来之前他就向警局报了案。

他们都说，真正赚到钱的只有三爷，他被查出早年还曾倒卖过假画和自行车车带。那个作为制假者和中间商的"诗人小子"被认定为罪魁祸首，尽管警方了解到他把利润全部投入到《星星》诗刊。

他们说，他这样做是刻意掩饰自己的心虚，为的是赢取藏家的好感。这有点像造假画的人会故意将假画加热、冷藏，反复数次之后再将它暴露于室外，只是为了让假画看上去比实际年头更久远些。在她给我打这通电话之前，他们又找到她继续追查他的下落，他们说，如果她知道他一直在做伪造勾当，就有责任第一时间把假手稿送交警方。对此，她无话可说。然后，他们像是必须要带走什么似的收走了她家里仅存的三本《星星》，他们说要将这些假货集中销毁。这次，她不再静默也不再唏嘘，她用一种极其轻微、低沉的语气念完自己的那首《肉龙》——"我吃肉龙的时候，要就着一颗星星，吃一个，再打包三个，让它们在后备厢里烂掉……"然后她将这首诗更名为《星星》，送给这些执意要定她罪的人。

她问，你还在听吗？

我说，我还在……

在我的印象中，她曾经是夜空中最耀眼的一颗星，她说的每个字都是那么有意思。而如今，她却像是一颗湿气凝重的星，透过灰暗的烟幕闪出些许的光。

我问她为什么选我们报社爆料，她可以选择比我们更有影响力的媒体。她却反问我，结婚是一种什么感受。我说，我跟我老公在一块儿五年了，结婚也快三年了。她问我，你爱他吗？我说，我不是她，我对世界不那么敏感，我觉得老公人不错，能够搭伙过日子。她说，对啊，即便在一起又能怎样，假如明天两人中间谁出了事，另一个可能伤心一会儿，然后很快就会跑出去，再次恋爱，用不了多久就会另结新欢。这就是人生，她说。

有一点我没能搞懂，别的事情她一桩一件都交代得很清楚了，唯独他的下落仍是盲点。所以，新闻里传言进监狱的华裔诗人究竟是她，还是他的那个诗人男友？我说，虽然她说的是目前发生的事，但整件事听起来却像是一件往事，发生在许多年前。那种感觉就像是我会对她说起我的孩子，好像这孩子是跟着我俩一起长大的。她笑了。她愿意让我把她的经历写出来。我告诉她，我写的一定没有她说的好。她说，她希望能从头再来一次，这次她一定要讲对。我还握着已经发烫到不行的手机，我的脸，从耳根到眼睑都烧了起来。

她和他的初次见面，是有一次，她被她公寓楼上的摇滚音乐吵得睡不着觉，她穿着睡衣敲开了他家的门。他当时正趴在地上涂鸦，在一张巨大的乙烯基贴纸上作画，他后来略带些腼腆地向她介绍说，这是他们正在进行的一件大型实体诗歌作品。暂定的名字是《星星》。他不是诗人，他是一个画家。他的梦想是在世界各地举办真正的展览，哪怕再小，只要发人深省，他都愿意尝试。

艺术家都有一种舍此无他的追求，又都遭遇着完全孤单的生活。他的画卖不出去。他不得不通过帮一个画廊仿制假画来谋生，他每仿画一张现代派大师的杰作就能收到一张500美金的支票。他的一张假画上拍之后，意外地以500万美金的价格成交。

所以在警察和联邦检察官找上门时，他的第一反应竟然是开心，他觉得这一切的根源不在于艺术品的真伪之辨，而在于他画的东西跟大师不相上下。她不理解他，总想着要找机会救他出来。后来她意识到，只要她能把那张假画的钱退还给藏家，她就能让他们撤销对他的起诉。她真的这么做了。她办了三百多张不同银行的信用卡，还找到了那个买家，当着对方的面一笔笔刷给他。她买下了这张作品，但她还不起这笔钱。她更不可能向她的继母借钱。她带笑叹息着，声音开始变得沉重，仿若巨大的铁器跌落的声音，她还是一笔带过了他的结局，让他的生死迷途坠入厚厚的沙中，被淹没了。

我想了半天，然后告诉她，不然就回来吧。

回哪儿？她说，从前的家里空空的没什么家具，回来也住不了人。四壁都堆着杂物，就算想请我去家里，都不知道让我坐哪儿。

我们还聊了一些儿时的事，她问我还记不记得我每次躲猫猫的时候都会藏在同一棵树后面。当我被她捉住时，我总是死命地抱住那棵树喊道"我不存在，我是空的！"多么奇怪的童年啊，我说。她让我现在再照着小时候的模样，喊一次试试。我做不到。我说，孩子睡了，这次就别喊了吧。

稍后，我们同时挂断电话。我走进孩子的房间，用手轻轻摸摸她白净可爱的额头。孩子的眼睛仍然闭着，两只小手分别摆在脑袋的两侧。她的呼吸很轻很有规律。大概是听见我走近，她微微睁开了眼睛。她说，妈妈，妈妈……我说，星星别怕，妈妈在。她继续说，妈妈今天还没给我讲故事呢，能不能讲一个？我就这样坐在床边，看着我的女儿讲起了我最好朋友的故事。她的故事应该还可以有更多别样的写法。我一直讲到了清晨，苍白的光透过窗照了进来，在女儿醒来之前我都没有离开她的打算。

纽约最后一个政客

//////

  一个与昨天下午没什么区别的下午，萨拉到百老汇大道721号楼下等本吉下课。本吉昨天睡前多抽了一根烟，萨拉从他丢在床头银质烟灰缸里的烟屁股看出，他有点儿什么不对劲。她等着他主动跟她交代，他始终没说。于是她今天早早地从帕森设计学院下了课，特意跑到本吉代课的纽约大学表演艺术中心等他。她猜想他可能会晚出来一会儿，却没想到自己会在721号楼连抽四根烟。她答应他今年戒烟。然而她掏出第五支香烟的时候，她发现那根烟的爆珠怎么也摁不响，坚持捏了几下之后，她看见他了。

  本吉跟一个长得很普通的褐发女人在一起。那个女人简直就是自己的翻版，萨拉这样想。她穿着一件白色的色丁面料衬衣，配了一条宽松的米黄色阔腿裤，脚上穿的正是她一直想买却还没来得及买的乐福鞋。尽管，她眉间的横纹和眼角的细纹暴露了她不再年轻的事实。真正让她保持警惕的是，这个女人正是他喜欢的样子。她像她一样，保持着恰如其分的松弛，与他走在一起有说有笑却又保持着一定余量的距离。他们走到太子街车站，拐进太子街之前，一辆出租车非要抢着黄灯而来，他拽了她一把，但并没有像对萨拉那样直接将女人揽入怀。可这并没有让萨拉打起精神来，她已经足足跟了他们七个街口，本吉竟然还没有发现她。

萨拉和本吉讨论过跟踪狂的问题，本吉当时给出的答案是：首先，他长得又矮又丑，还有一个大鼻子，不会有人愿意花工夫跟踪他；其次，他的职业以观察人见长，他是一个电影摄影师，如果有人愿意当着他的面做一些"场面调度"，他第一时间就能发现。他们彼此都不会想到，萨拉会成为第一个跟踪他的人。

太子街，这条街上所有的商铺他们都去过，无论是店员特别友好的意大利餐厅Sant Ambroeus还是它隔壁的桌布总是脏兮兮的美式餐厅Soho Park，或者是它隔壁专卖给上东区富人子弟的LE LABO浴液。"哦，不。"她说这话的时候，他们已经拐进了这条街最吸引人的地方——纽约著名的独立书店McNally Jackson。她在门口迟疑不决，犹豫再三，直到有人跟她借烟，她成功将那根不能爆珠的薄荷味万宝路送给路人的时候，她才决定进去看看。有那么几秒钟，她觉得她什么都不用说，直接迎面赏本吉两个耳光就好。这没什么好说的，她从他搂那女人的动作就已经洞察一切。她跟他在一起五年，对他穿什么尺码的内裤、新买的内裤隔几天才洗、洗的时候会不会和臭袜子裹在一起、这条新买的内裤何时会破洞何时又会开线等等细节，了如指掌。

萨拉还知道他喜欢买一些教人如何训练自己宠

物的书，虽然他们计划已久却一直没真正买上一猫半狗。

去年圣诞，本吉原本计划买一只无毛猫回来，但却在梦里不小心说漏了嘴，让有睡眠困扰的萨拉听个正着。她第二天就去网上跟那个卖猫的人留言说，她对猫毛过敏，那只猫他们不打算要了。"宝贝，你要知道，那可是一只无毛猫！"本吉在平安夜才得知他的猫根本不可能赶在圣诞前踏入这个家门，抱着买好的纯棉猫垫，他非常沮丧地说。这时，萨拉端来了她自己调的鳄梨马提尼酒，她抚摸着本吉的前额，看着他一饮而尽。他喝完了，她还在等着他做一个动作，他无奈地拿下那块夹在酒杯上的半片鳄梨，喂给萨拉。萨拉是个素食主义者，在她的眼里，鳄梨就等同于素食界的三文鱼，口感鲜美。她对事物有特别纯粹的要求，她不吃肉的原因并不是因为她爱护动物或是敬畏生命，她只是喜欢在餐馆的侍者向她兜售各种肉类菜式时一口回绝他们，仅凭一句"我吃素"。她们学校有些同学是"鱼素食者",就是除了鱼之外其他肉类都不吃的那些人,她嫌弃他们不够纯粹,便有了不跟他们一起去派对的借口。

"你应该读读这本书。"两年前,也是在 McNally Jackson 书店,本吉在书架上抽出一本标题是"如何应对你的社交恐惧症"的书给萨拉看。

萨拉怔住了,过一会儿,她从另一个书架上取下一本书递给本吉,那本书的正面写着——"如何回应你的混蛋伴侣"。

眼下,本吉跟另一个女人走在书店里。萨拉看见他从书架上取下一本书,她好像听到他在对那个女人讲着同样的话——"你应该读读这本书"。那女人笑得酣甜,就是那种会在路上无缘无故冲你傻笑的那种白人甜姐。女人小心地把那本书揣入怀中。从她抱着书的姿势,萨拉就能判断出,这是一个从不读书的女人。因为读书人每天都会碰书,对书的基本重量有所了解,不会像她那么战战兢兢。又或者,还有一种可能。她是故意做给他看的,为了取悦他。

他们转入楼下那一层的时候,萨拉正捧着一本巨大的"狗头"暗中前行。她生怕被他们看到,但却因此迎面撞上一个人。

"嘿,小心点。"说话的是一个男人,萨拉用余光瞥到他的一对擦得锃亮的男士牛津皮鞋。

"哦,让让,我赶时间。"萨拉想绕过那个男人。

可那男人却一把把她的手拎了起来,就像农户从猪圈里抓起不听话的小猪崽一般,说,"你这人怎么这么没礼貌。我要你跟我道歉。"

萨拉的眼神落在他挺括的西装外套上,很快她发现那不过是一件校服,因为他胸口上印着一个"瓦萨学院"的标志。她做了一个大胆的动作,挺起胸上前拍拍这个男孩的大臂,又正了正他胸口的"瓦萨"。她用略带轻蔑的表情笑着说,"小朋友,让让,成年人都他妈在赶时间。你要想玩,回家跟你妈玩。"说完这话,她从他手中夺回那本"狗头",捂住自己的脸,蹑手蹑脚地往楼下去了。

McNally Jackson书店上下两层,共六百平方米,这对匆忙的曼哈顿人来说已经是一种奢侈。一楼的平面空间错落地摆放着包括畅销书、美国文学、建筑、艺术、家居生活、杂志等分类的白色书架，在杂志那一栏的尽头是一个不足五十平的小咖啡店。

萨拉第一次来这书店就是本吉带她来的。那时候她还没考上帕森设计学院，属于闲散的纽约客。至少她看上去像一个土生土长的纽约人，她喜欢说"kinda"而不是"kind of"，她说"ya knoaw"的时候实际在说"you know"。她故意在美黑中心晒成小麦色的肌肤让她扁平的五官在天主教白人面前忽然有了辨识度，她走在街上甚至比金发女郎更吸引男人的眼球。她唯一一次发纽约音发到让她灵魂颤抖，是在她一个有钱的住在长岛的同学家宴会上。那回她租了一条露背晚礼裙，穿着这条黑色雪纺长裙好不容易上了黄色出租车。黑人司机从后视镜瞥了她一眼，管她叫"honey"并且上下打量着她半敞的胸部。她挺起腰，把手快速地伸进胸前的敞口，使劲正了一下自己的胸托，然后说，"Hea,

I'm goin to Lawn Guyland。"司机先是一愣，然后看了地址之后，才嘟囔着说了一句，"原来是去Long Island啊"，接着白了她一眼。她非但没有被黑人司机的这个眼神打消积极性，反而因为他的迟钝而得意起来。在住在长岛的有钱人嘴里，"Long Island（长岛）"向来被念作"Lawn Guyland"，尽管"Lawn"和"Guyland"结合在一起并没有什么特别的意思。

口音是一种咒语，只要讲得好，讲话的语气够拽，别人就不会开口问你"where are you from"。萨拉认为，这种可以瞬间就让对方闭嘴的东西甚至比给小费还要好用。而且使用纽约口音又无需真正入籍美国，有排队等绿卡的时间就已经可以在日常交流中排在说不了纽约音的美国人前面了。

口音就是萨拉的驱魔术，她用它聊过普鲁斯特和博尔赫斯，在话头还没进入女性主义运动之前，她已经俘获了本吉。她还用同样的说话方式成功让帕森设计学院服装设计系的老师误以为她是地道的美国人。那个老师带着浓重的意大利口音，刚从米兰搬来纽约不久，他一边鄙视美国的意大利菜，一边又常常出现在纽约人扎堆的饭局上，他喜欢他们围着他一个意大利人转的感受，那时，他就会感到自己身上承载了很多"价值"——他代表流行的意大利名牌，最好的皮具和西装，可以代表家乡的斯卡拉歌剧院和威尼斯双年展，他们比纽约人可有文化得多，而纽约人已经是整个美国最有文化的人了。萨拉见到这个意大利人时，只是短短三句话，带着浓郁的纽约音。她只对他说了一下自己去过意大利，还没来得及说喜欢与否，就顺利地通过了面试。在录取率不足百分之五的服装设计系，萨拉拿着一本仅有三页纸的简历"通关"，在很长一段时间里被传为佳话。

此刻，本吉正拿着一个皮面红底金边的笔记本给身边的女人看。他们有说有笑地翻着那个没什么特别的本子，饶有兴致地聊着"新皮装旧书"的讲究。那个女人笑起来时露出晒得黑红的脖子，跟她煞白的脸形成了鲜明的对比。她脸上的那种白,会被白人嘲笑成"too white"。这种不健康的白,说明她不经常做户外运动。而与日光相关的那些户外项目,无论是划艇、浮潜、出海度假又都往往与富人阶级相关。换句话说,莎拉从那女人不均匀的白与黑肤色就看出她的出身。她理应不如自己,萨拉这么想。

那个黑脖子的女人猛地伸出她那双灵活的手,踮着脚从书架最顶层取下一本黄封皮的厚书。她异常娴熟地翻弄着那本书,并且声情并茂地指着书中的插图向本吉解释。萨拉看得出,本吉听得格外入神,他的脸上泛着月亮般的微光,那种光泽是他们去年在夏威夷度假的时候,某个海边夜晚,本吉向她表白时才会出现的。萨拉本以为那是月亮在他脸上的反光。他们顶光做爱,在一会银一会白偶尔银白交杂的反光下,上半身叠在一起,下半身埋在沙子里疯狂地扭动。那些在她屁股上的细沙随着起起伏伏的海浪,也慢慢漏了下去。有一阵,本吉特别用力。这让萨拉的屁股不小心完全暴露在月光之下,海风肆意地在她的屁股上捕捉着悸动与情人的气息。她觉得那是她来到美国这么多年来，头一回感到自己每一条血管里都荡漾着羞涩难耐的欢喜。

当时，她刚刚过二十岁。本吉生在90年代初，比她大了快一轮。而且这种年龄上的差距在本吉拍摄的电影在"翠贝卡电影节"上映之后，进一步拉开。他的名声就像进入到工业流程的三文鱼罐头，在一个看不见的生产线上快速地被加入了调味料、汤汁和防腐剂，然后在贴标签之前被机器重重地封上口。

公开放映的那部电影是讲述两个年轻人的爱情故事，其中有一幕是女主角脱光衣服站在照出全身的立式穿衣镜前，她打量着自己，眼光掠过肩膀上柔软蓬松的暗金色秀发，接着移到那副不够成熟却还算鲜嫩的身体。她的胸，萨拉低头对比过自己的，可能只有萨拉的一半。萨拉脱掉上衣后，没人会不为惊叹——与其说她胸前顶着的是一对乳房，不如说那是一对小猪。她对此相当自信，并且相信即便本吉喜欢上了普遍拥有翘臀的黑人女子，她依旧可以通过这对"好朋友"而有惊无险地胜出。

本吉出名以后,连着接了几个片子,都是关于爱情:一场颓废的爱情,以控诉现任的美国共和党人为背景。片中有一些像极了纪录片的镜头,在纽约街头乱闯红绿灯,追逐拒绝回应"男女同工不同酬"问题的党魁。萨拉跟其他的观众不同,她在看的时候忍不住代入本吉的视角。别人都以为追赶党魁的是女主角,只有萨拉,她看到的是一个今晚要加拍两场戏所以熬到凌晨才能回家的本吉。萨拉刚开始还会问本吉,他熬夜拍的是什么故事。他起初还简单介绍下人物关系,但到了后来,他累到不脱鞋就直接爬上床。任凭她怎样伏在他耳边问他问题,他只是说一句"爱情,仍然是爱情。"

说本吉的爱情电影完全不适于观看恐怕有失公允,可要让萨拉自愿向朋友推介本吉的作品,她也觉得有悖良心。她不是没试过。她曾经给移居美国的表叔留票,邀请他们在电影节点映的时候先来剧场一睹为快。她的表叔,一个 80 年代就来美国打拼的小个子男人,在看电影之前就先跟他在唐人街福州同乡会的朋友们夸下海口——"我侄女的男朋友拍了一部大片,周末在 Tribeca 放映啊,赏不赏脸?一起去捧场!"他说这话的时候,倒不是在吹牛。因为他对电影的认知仅限于漫威改编的英雄电影,他没看过任何一部文艺片,尽管偶尔会有写影评的《纽约时报》专栏作者在他开的中国餐馆吃饭。结果是表叔率同乡会亲临了首映会,没等看到故事的高潮,他们就已经忍不住纷纷离场。为了了解那部片子到底讲的是什么,他事后请教了常来店里吃饭的评论家。果然,评论家了却了表叔的遗憾,直接告诉他说,这是一部烂片。

那个评论家留着黄褐色的胡须,每次进门都会先点一份红烧牛肉面。等面上了,他一手拢着胡须,把头埋进面碗半截,另一只手招呼着表叔过来。表叔甚至都不用走过来,看着这手势就知道评论家的用意,帮他加上一份夫妻肺片。为了伺候好这个白人"回头客",表叔每次都目不转睛地站在离客人五米开外的地方，细细打量客人的表情。地板原本是赤褐色的，但是因为长时间不打蜡，早已变成了黄不拉几的颜色。表叔会在评论家吃到一半开始擦汗的时候，送上一叠纸巾和一小碟辣椒粉。他从没见过这么能吃辣的白人，直到很久以后他遇到一家四口的墨西哥移民，他才恍然意识到，冰激凌、巧克力和咖啡里都可以撒辣椒粉，美国人可以比四川人还能吃辣。评论家嗜辣如命，每每吃到大汗淋漓之时，才会开口跟表叔搭话，那一刻，他会指着那盘空了的辣椒碟说，"More！"

萨拉在中餐厅见过一次评论家，可她从来没有将胡子拉碴的中年男人和报纸上的专栏作家联系到一起。某天早上，本吉握着牛奶的手突然一滑，他的短而圆的脸上飞快地集中了痛苦、无奈与不解的情绪。他蹲在那摊再也没办法喝的白色液体前面，头越来越低，笨拙地舔了一口牛奶。本吉以为他的这个动作没被任何人发现，但是萨拉刚从卧室出来就拐了回去。因为，她确确实实看到了这个场景。她很快扔掉了那页评论，只瞥了一眼文章的标题——"杀死共和党人的难道是这部屎一样的电影？"这让本吉想要再读一遍的时候，怎么也找不到那页纸。萨拉觉得从根本上杜绝本吉做出某些不可控的怪异行为，就要切断他与他所在乎的事情之间的联系。

有一段时间，她出门时会故意上锁。本吉如果要出门，就要等她回来开门后陪他一起。他到底是在为什么而伤心？萨拉一直无法完全理解本吉。他趴在沙发或床或冰凉的地板上，总是做出一副痛惜青春不再的模样。他不做饭，不洗碗，不跟萨拉讲话。他始终在回避什么，以及与之相关的义愤填膺、鲁莽冲动与万丈豪情。他还是个90后，可他却终日揪心自己身上没人理解的才华。她不能质疑他的忧郁，因为这是她自己不具备的"艺术天赋"。本吉因此也不认同萨拉的服装设计，他觉得一切跟设计有关的东西都是功利的。他因为特朗普曾在帕森设计学院的咖啡厅喝过一杯美式，一整个夏天都在抵制美式咖啡。而且他还不让萨拉喝,他讽刺她们学校咖啡厅卖的是"只看假新闻的假总统才喝的假咖啡。"

萨拉短暂地离开过本吉一段时间。其实,她哪儿也没去。她从他位于翠贝卡的公寓里搬了出来,暂时住在她表弟家。为了赶在秋冬折扣季之前攒够钱买一双乐福鞋,她暑假时就在表叔的餐厅里打零工。她负责点菜,一口纯正的纽约音终于派上用场。在遇到评论家的那天,她穿了一件针织的低胸束腰针织衫。评论家一改常态地跟她交谈起来,他主动问她,除了牛肉面和夫妻肺片,还有什么其他好吃的可以推荐。说这话的时候,评论家不小心把桌上的筷子弄掉了。萨拉自然弯腰去够,她捡起筷子后,碟子又掉到地上,碎了。她很快就弄清楚了他根本不想要试新的菜式——她前后报了几道老外通常喜欢吃的菜,像是左宗棠鸡和宫保茄子,酸甜口的,葱爆羊肉和口水鸡,咸辣口的,都被评论家一一拒绝。他在看见萨拉胸前的沟壑之后,心满意足地喝着免费的香片茶，只要了一碗红烧牛肉面。他闷头捞面，吃到一半，习惯性地招招手（他以为萨拉明白这手势的含义）。那一刻，萨拉正在想本吉，掂量着他对她的爱。她原以为本吉会在她离开后立马来找她，但本吉始终没有来，就像评论家的那盘夫妻肺片，因为中文发音不清楚，最后弄巧成拙地上成了凉拌海蜇头。如果点错菜的人是萨拉的表叔，评论家可能早就发飙了。他气急了，就会撩起胡须，唾沫飞溅到有错的一方身上。

上一次他这么干的时候是在《纽约最后一个政客》的首映会上。他骂人的原因很简单——他迟到了，在电影播完前五分之一后，他摸黑走进坐了五百多人的播放厅。他自以为前排还有座位，结果一屁股坐在一个带大檐蕾丝洋帽的中年女人腿上。那个女人随即"嗷"了出来，她嘴里正在嚼着的冰块（她捧着一杯冰可乐在喝）就吐到了最前面一排一个小个子男人的后脑勺上。那个男人抹了一下脑袋，擦干净这湿漉漉东西的手指忽然僵住了，他转过头来，恶狠狠地看了女人一眼。女人不服气,刚要指认"凶手",却又马上被全场的人给"嘘"住。她将凶恶转嫁到评论家身上,直勾勾地瞪着他,直到评论家往楼上走去,半途不小心打了个趔趄,女人这才稍微平息了一下怒火。随着评论家摔倒在地的闷响,空气才再次从她的奇经八脉里通了过去。在扑街倒地的一瞬间,评论家才忽然意识到自己年纪大了,他无法用肌肉带动他的身体站起来,仿佛有人在他的后脑勺上使劲敲了一下,直接送他跌入老年。他的四肢按照左腿、右手、右腿、左手的顺序依次着地,随着屁股的一阵剧痛,准确地讲,那感觉像是有人点着了他的尾椎骨。他往后一仰,嘴巴大大张开。

事后,评论家希望没人记得这件事,他试图以自己在电影界的权威来要求在场的所有人都像教士一样保持沉默。旁人不配跟他分享秘密,那些将电影当作政治抨击工具的年轻人根本从未经历过政治。他们最深刻的政治体验,兴许就是与邻居家的犹太老太太争执走廊里到底应不应该堆放纸皮箱。"这是公共空间！""狗屁，我进入'公共空间'时你妈都还没出生呢！"他都能想象得到他们吵架的方式。

评论家也年轻过，曾经拿着纸做的话筒徒步到中央公园喊话。他也曾是《纽约最后一个政客》中追问共和党人的年轻人，有过野生动物一般的活力。然而他匍匐在地上的一刻，他分明感受到自己的躯体正在腐烂。即便没摔这个跟头，他最近也常常在半夜痛醒，开灯检查了很久，他还是搞不清楚到底是身上的哪个部位隐隐作痛。疾病折磨着他，也一步步侵蚀着他的心理防线，让他变得多疑。更令他沮丧的是，他猛然发现自己早已不是什么"野生动物"，只不过是习惯了吃红烧牛肉面和夫妻肺片的家养牲口。

三天后，评论家又来到中餐馆。萨拉依旧看不懂他的手势，给他上的还是一盘海蜇头。他强忍住怒火，耐心地挑着菜里的胡萝卜丝。就在这时，本吉走了进来。他进门之后就盯着萨拉看，背靠着评论家在一张四人座的卡位上坐了下来。萨拉根本连茶水都没给他上。他们就这样僵持起来。直到评论家吃完海蜇头,跟萨拉开起关于中国人的玩笑时,本吉突然站了起来。本吉一把扯住评论家的衣领,没人知道他哪来的这么大的力气,那个评论家就像被吊车忽然抬起的小鼠,整个身子都缩回到衣服里。萨拉捂着嘴巴,离尖叫就差一秒。评论家忽然声泪俱下地恳求本吉不要打他,一边哭一边央求萨拉过来劝架。他嘴里的话囫囵不清,约莫是在讲他即将有本书付梓出版,会有一笔可观的稿费,呜嗷,不要杀他!不能让他老婆知道!不能死在China Town!本吉扭过头看着萨拉,她捂着嘴强忍住不笑。她双唇光鲜,睫毛浓密,头发闪亮,短暂的分开让她出落得更美。本吉原本打算跟萨拉告别,他准备跟随一个导演去摩纳哥拍摄外景。此外,他还准备了一套与萨拉告别的说辞,想要交代一切,包括他对她的疏忽,对工作的倦怠,以及对未来的短视。可他的话就在他人生的高光时刻——为了维护华人形象而当众殴打评论家——给憋了回去。他渐渐松开手,放下评论家。他走到萨拉面前,像他们第一次见面那样默默亲了亲她的手。萨拉有点儿羞怯,眼皮低垂,看上去就像极了一个棕黄色的瓷娃娃。他对她说,"你可真美。"接着,他们当着评论家的面,不能自已地接吻。

萨拉怎么也想不到,会有这么一天,自己完全颠倒了热恋时的处境,成为一个追踪恋人的疯子。她上午还在学校听了一节"后后女性主义"的讲座,下午就回到了茹毛饮血的原始社会,干着还不如原始女人的勾当。如果是在母系社会,女人根本不用拴住男人。相反,男人要时刻围着女人转。她想着就算一万个不凑巧,他们三人迎面撞上,她作为被劈腿的受害方,不怕撕破脸跟他们一争高下。她还想到了分手,以及分手之后两人要如何处理二人的共同财产,一张二手沙发、一个滴漏咖啡壶和一张印着猫图案的地毯。

她的思虑一下子撞到"瓦萨校徽"的身上，撞到了他流线型的脸上，很白，极瘦，日耳曼人才有的高挺鼻子。这不还是刚才那个小男孩？这小子身上散发着汗味和高档柔顺剂的味道，乳臭未干的感觉呛得萨拉打了一个喷嚏。她想继续骂他，但再一次忍住，她知道自己必须不声不响地出现在那对狗男女的面前。大敌当前，敌人的耳朵又是那么敏锐，她断不可松懈。瓦萨男孩在楼梯上挤住了她，两臂一伸，又露出了无耻又无畏的表情。

"让我过去。"萨拉说。

"你先告诉我你在躲什么，我就让你过去。"他盘着手，仰着下巴，大声地问。

"嘘！"萨拉用画册狠狠拍了一下他的胳膊。

"Ouch！"男孩格外用力地"哎呦"，引得店内的客人都往他们这边看。

这些纽约人有一种特有的悲悯性格，他们天生就是"地球人"，不仅关心身边所有人的具体生活，反对独裁者、资本家的剥削，同时也为地球上别的地方发洪水、出海啸、爆发疫情而忧心忡忡。

男孩完全不顾周遭的目光，笑着一把抢过萨拉手中的"狗头"画册，把书放在他们一侧的"畅销书专区"，补在售罄的名人自传书那一栏，不偏不倚。

萨拉想从书店快速逃脱，却发现评论家从对面的街道走了过来。他安全地穿过马路，小心地四面看看，在有滑板少年从他面前飞过的时候，抬高了手臂，做出一个"投降"的姿势。他看着年轻人的背影，耸耸肩，然后走进了 McNally Jackson 书店。在他过马路的这一分钟里，萨拉给自己做了上百次心理暗示。她在评论家推开第一道门的瞬间，决定下楼藏在哲学区最角落的书架后面。但在他推开第二道门时，她发觉自己完全没必要躲藏，她应该上前跟他打招呼，毕竟他们只是聊过几句的交情。握手就免了，打个招呼吧。

那天，评论家的气色很不错，他步履轻盈，带着久违的舒展和惬意，来到报刊架上寻找最新出版的《纽约时报》。他撩开报纸，故作不经意地仔细寻觅着自己的名字，一页，两页，三页……萨拉出现的时候，他还没找到，可是脑门上的几滴汗已经淌到了他胡须的位置。他急忙翻弄裤兜找他清早才掖进去的一块小手帕，萨拉则盯着他的报纸开口问他，"嗨，这么巧。"她没办法佯装两人很熟，因为她连他的名字都不知道。评论家紧张地观察着她的反应，他在将她对号入座，终于想起来她是谁，但又十分怀疑地看着她。他原本打算问"你怎么在这"，又怕这话显得政治不正确，毕竟中餐馆的服务员怎么就不能到书店买书？也许她要买的正是他写的这一期影评呢。他只好折中一点儿，习惯性地说了句"你好"。可能是因为头先过于激动地找寻自己名字，他犯了一个错——他用了德国南部和奥地利人见面打招呼时才会说的"你好"——音调崇高昂扬，尽管萨拉听不明白这是什么意思，也能猜个大概——这个词跟上帝有关，直译的话应该是，"上帝问候你"。

萨拉愣住了，她以为评论家是故意为之，用带着口音的家乡话跟她示好，就像她儿时跟着父母在四川看大熊猫时，爸妈会临时学两句四川话，专门用来逗大熊猫。她缓过神来，准备把"瓦萨"男孩介绍给评论家的时候，一回头，才发现那男孩不见了。评论家的目光随着她在书店绕了一圈，慢慢变回了纽约口音，说，"你在找谁？"他瞥了她一眼之后，继续翻起那份报纸。萨拉从他的眼神中看出，他从来没见到有谁跟自己一起。她嘟囔了一句："刚刚有个瓦萨学院的男孩跟着我呢。"

"瓦萨？"他不止一次地问，"你怎么会认识瓦萨学院的人？"

"撞上的，也不算认识。"她能说什么呢，她总不能说自己正在跟踪男友。

评论家接着往下说，试图用说话来掩饰他的愤愤不平，"那个学校培养的所谓精英，在我看来，都是垃圾。新教徒，像罗斯福那样面相刻薄的家伙。大部分谄媚没脑子的纽约中产听到'瓦萨'这个名字的时候想到的都是罗斯福在成为总统之前，曾在这所学校做理事的事。他们鼓吹这所学校,只不过是为了满足罗斯福的虚荣心。罗斯福可能还跟他讨厌的胡佛一起啃过鸡蛋三明治呢,按道理,该分析的岂不成了这块三明治?它作为一块三明治,怎么能同时取悦了一个民主党总统和一个共和党前总统?它有什么政治立场?可美国的历史就是愚蠢的三明治历史,讨论到最后,全是精英们自己的手淫,射完了还不擦手,用这脏手再捞一块鸡蛋三明治。油腻,猥琐,恬不知耻!所以,你说,政治有个屁用?"说罢,他重重折上报纸。

"您手上的报纸是今天的吗?我能看看吗?"她问。

"不,这没什么好看的,我都替你看过了,不值得你浪费时间。"他慌忙地将报纸放到了杂志货架最高的一层,他转过头去,看着咖啡厅的区域,目光落在一个肥胖女人手中的黄油曲奇上,他再不愿多看这报纸一眼。

再次"开眼看世界"的时候,他们已经在太子街披萨店的门外排起队来。萨拉手里抱着几份被评论家折坏（折的时候过于大力，纸边都损坏了）的报纸，她还没反应过来自己为什么要花这钱帮他"善后"。她明明可以凭借着纯正的纽约音跟那个过来找他们麻烦的拉美裔店员理论，但那一刻不知为何，她什么都没说。披萨店的绿色招牌在忽然亮起的路灯映照下，无处不倒映着她的尴尬。藏在她心底的中国人才有的敏感与胆怯，有时也会毫无征兆地跑出来。她通常不会跟别人发生争执，即便她有十足的把握能够吵赢，但她依旧希望自己在这社会中无声无息，作为微生物那样存在。所以她更不能理解，沿着太子街，从书店出来到此刻排队等位，评论家竟然能全程不停嘴，他还在讲他接触过的瓦萨精英们，从上世纪60年代盘说到今年。等到这些人都被他扣上了"屎盆子"，他又像他做文章那样盖棺定论地给他们下罪名，例如："鸡屎诗人"、"猪粪小说家"、"屎壳郎导演"等等。他就是这么坚持己见，依旧火力全开地骂着那个可怜的"屎壳郎导演"，比头先骂诗人与小说家更卖力。

"没有一部片子比《纽约最后一个政客》更糟，毫无意义的手摇镜头让这部歌颂胆小民主党人的片子无比刺眼，是难看的那种刺眼！你以为你是谁，纽约是巴黎吗？姑且不说美国人与法国人的不同，就说这破披萨店，巴掌大的地方，还要搞这种不要脸的'饥饿营销'，让我们在寒风中瑟瑟发抖地等位子？就是因为花了太多心思在不该花的地方，政府的这帮家伙才总能够草菅人命！你还手持相机去拍那些连路都走不好、话都不会说的政客，这不是天大的笑话？去年爱荷华初选，民主党延迟公布选举结果这就是美国民主政治一个尴尬时刻。那感觉就像你今天好不容易洗了头发出门去，想买一份刊出你作品的报纸，结果这期的报纸竟敢替掉你的文章，换上什么名不见经传的瓦萨学院毕业生的戏剧评论，简直是，滑宇宙之大稽！"

萨拉翻开报纸，对照着找到评论家说的那篇文章。作者有一个奇怪的德文姓氏，是她怎么也读不出来的那种。果然，名字下面写着作者的背景——"瓦萨学院戏剧社"，年龄：20。评论家几乎毫不费力地就发出了那个德文姓氏标准的读音。那是他最友好的一瞬间，萨拉听到那发音就觉得有人在她吸烟的时候把火送到她面前，舒服好听。

萨拉还在翻看那篇小文，《你会不会跟政见不合的人上床？》。她把这篇短文拿给评论家看，向他解释，"这句话好像是这两年搞艺术的人聚会时经常会谈到的一个问题，要是在特朗普上台前，奥巴马当政的日子，一个异性恋者假装成同性恋来博取投资人的青睐，还有可能。但如今，没有人愿意伪装成敌对阵营的样子。他们宁可不上位，也不愿睡自己的敌人。"

"别傻了，这个小孩，"他故意站到她的对面，点起一支香烟，置若罔闻地说，"我敢跟你打赌，这孩子之所以能在《纽约时报》上发东西全凭他老妈的关系。他们住在上东区的联排别墅里，屋子的装潢黄灿灿的,椅子和沙发用的是橙黄色,墙壁和窗户用的是难看的紫红色。墙壁上挂满了巴洛克的画,天花板对应这些画故意做成高耸的穹顶,不堪入目的女神和表情造作的小天使在你头上乱飞。这房子唯一可取的就是桌面的那盏灯,灯罩是用浅绛色纱纸做的,就跟你们中国绘画用的那种纸差不多薄厚,非常漂亮。一看就知道,那盏灯并不属于那个家。你还年轻,你不明白,这世道什么都会变。有的人连自己的家人都可以牺牲。所以你问我,家是什么?"

"我没问……"她正要辩解。

他掐断了烟,用鞋底狠狠碾过,挥手示意她不要解释,同时继续说:"你没有回家的必要,你完全可以爱怎么过就怎么过。你住在纽约,讲着皇后区的人才听得懂的俚语,睡着布鲁克林的男人,为什么非得回中国?你可以漫游各地。"

"纽约也是各地之一,"她回答,"我可以把它看作是一个游历的地方。另外,我要说,我不住在布鲁克林,我们住在 Tribeca。"

"谁他妈在乎?它不过也是你周游世界的一站。再说了,住在 Tribeca 就了不起吗?人家小男孩可是住在公园大道的联排别墅。"接着,他又道,"我希望在你厌倦了旅行之后看到你。那时,你肯定不会张口闭口就说自己来自哪个区。"

终于轮到他们了,这时,一个全身红色唯独胸前的围裙是白色的店员招呼他们进店。狭小的店里充斥着大蒜罗勒和芝士腊肠的味道。评论家的大鼻子发挥了作用,他恨不得将鼻子伸到每张座子面前,探探别人盘中的披萨究竟是何滋味。他的目光,先后从店面墙上、外卖打包台上的餐盒转移到刚刚迎他们入店的男人身上。无须这男人开口,他就已经知道他的身份,而且讽刺他作"满脸流油的资本家"。

萨拉不同意。

这惹得评论家更生气,他再次强调自己的批评有根有据,"不是资本家是什么?你看他把自己和父亲、儿子一起印在披萨饼上,这种做法跟特朗普和自己老爸站在一起合影有什么区别？资本家有选择性地呈现给你他们希望你看到的东西，卖披萨的要你吃的不是饼，而是'家庭和睦''共享天伦'这个念头。所以，这跟特朗普的父亲硬把自己说成是'瑞典移民'，用这噱头租铺头给犹太人有什么区别？他想隐瞒的东西，那些纳粹遗风，最后不还是在他儿子身上完美地展现了出来。"

点餐的时候，萨拉注意到评论家不停地竖起他焦虑的耳朵——他等着她先说话，想要参考她点的东西。结果她跟老板要了一块素食披萨，彻底掐断了评论家的幻想，搞得他只能再问老板，有什么其他推荐。老板故意矫正他说（他的口气明显是听到了他们刚刚的对话），"特朗普也来吃过，他最喜欢我们家的辣味香肠披萨，要不要来一块试试？"评论家想拒绝，然而环顾四周发现大部分人点的都是这一款之后，作出了让步，但他妥协的时候仍旧昂着头，"我的内心是拒绝的。可是谁让你们品种太少呢，就这个吧。另外，来两杯水。"

"你是什么时候开始吃素的？"他转头问萨拉。

"今年是第五年。"

"那你是在中国的时候就开始吃素了，中国人吃素吗？所以你是一个佛教徒？你看上去可不太像一个佛教徒。"

"佛教徒应该长什么样？难道他们头上都被开过光，顶着一层金色的圈？"

"哈哈，你很有趣。我就随口一问。我太太也吃素，所以我根本无法理解你们素食者的想法。对我而言，吃素并不能阻止杀戮，只会加剧民粹主义情绪。我太太就相信我们的世界会因为吃素而向着一个和平方向发展，那怎么可能？至少在我们家就没戏，她吃不吃素，我们都是见面就吵。"

两块披萨被盛在纸托盘里，端了上来。评论家又跟服务员强调了一遍，"两杯水。"

经过一阵沉默之后，水上了。评论家递给萨拉一杯，"吃吧。"

"男人是不是只会变老，不会长大？大部分时间，你们都是自说自话，根本听不进去女人说的任何内容。哪怕是对你们有好处的话。"她自嘲地咕哝道，说着已经把手中的披萨饼咬掉了一半,"本吉跟你在这方面完全一样，他觉得自己是艺术家，做什么都是对的。"

"喔，就是上次在你们餐馆被我揍了一顿的小子。说真的，我一看就知道他不行，配不上你。"

萨拉跟服务员要了两杯利口酒。

"不行——我不能喝酒。"评论家刚要拒绝，可酒香飘了出来，他抵挡不过——他拿过酒杯一饮而尽，结果引发了一阵咳嗽。

"不行——我不能喝酒。"萨拉学着评论家的腔调，重复着他的话。

披萨店老板用带着疑惑和半分关切的眼神看着他俩。一个小时之后，非常识趣地端上了一整瓶酒。

"我痛恨我的职业，文字工作者不能救社会，纽约人不会看你写的东西，特朗普更不会。我用我超过三十年的从业经验告诉你，就算他们看了，也看不懂！我们文明的内核就是满目疮痍的粗鄙，非常拙劣。"他继续说，给萨拉和自己的杯子填满酒，"我太太投资了一些独立电影，可她的'独立'等同于浅薄无趣。他们背地里是怎么运作的，然后表明上还贴上'独立'的标签，这一切我都再清楚不过。实话实说，聪明人都去商学院和法学院了，剩下的哪里都去不了的，比如我，才写写东西。"

"我男朋友很有可能……"萨拉叹口气说，她伸出手背擦了一下颤抖的嘴唇。她刚要交代自己的事，却被评论家的一声哀嚎打断了。

他没有哭。他拿过空酒杯大力扣在桌上，底部微微凸起的杯子恰好扣住一只苍蝇。这个动作引发了店内所有人的关注。他秉着某种巨大的情绪，由此开始讲话，仔仔细细地讲，翻来覆去地讲，讲他的婚姻，他的孩子，很少有人像他讲得这么乏味而悲惨，教人觉得他的生命长久以来绝不缺乏这样的故事。他再翻开盖的时候，沿着手肘滑下一个腕表模样的黑色塑胶手环，他赶快将这玩意藏回到衬衣里面。苍蝇在他这两个动作之间缓了过来，就像缺氧的人慢慢恢复了意识，抖抖小翅膀，又嗡嗡地飞走了。

"您结婚了？"

"当然。"

"那我有个问题要请教你。"

"那你找对人了，跟我咨询过的人都离婚了。"

"你太太出过轨吗？"她说，"人在背叛另一个人之前有什么征兆吗？"

"从哪个角度？"

"这种事还分角度啊。"

"'太太'这种生物，跟'女朋友'可不同，她绝不会轻易赞许你的行为，即便你做的事本身非常值得赞许。如果有一天你发现她不再小气、顽固、斤斤计较，反而嬉笑连连，当着外人的面夸赞你的文章时，那你就要当心了。"

"你太太最近一次夸你是在什么时候？"

"很遗憾，她从不夸我。一次都没有。"

"这不是挺好的吗，至少说明她没有背着你跟别的人好。"

"你知道我为什么要写影评吗？"

萨拉的下巴垫在酒杯上。

"所以我说这是角度问题，没法从她不夸你反着推导出来她不跟别的男人睡觉。"评论家继续说，"我几乎评论了她投资的每一部烂片。这样，我就可以随时跟她在首映礼上偶遇，看看她究竟在搞些什么鬼。有时，我也会感到厌倦，不是讨厌她，而是厌倦自己的所作所为。等你哪天到了我这个年纪，就会明白我所说的话，你会感到，有那么一天，你的青春就像过期的牛奶一样……平静地倒在了马桶里。"

"可能你太太也有同样的感觉。"

"对婚姻吗？不，你们女人总是占便宜的一方。跟你分享个小故事吧。我有个朋友出轨了他的女秘书，结果被他老婆知道了。你知道他老婆是怎么处理的吗？"

萨利摇摇头。

"她老婆找了一个中国同事,在什么宝上买了五盒雌激素浓度特别高的药。"

"淘宝。"

"管它呢。反正这女人的招数太狠了,那玩意宁可自己不用,也不让别的女人用。这个故事是我太太跟我讲的,你说她这是什么用意?"

萨拉脸上闪过一丝神秘的笑,接着她转口问道,"能问问你太太投了哪部电影吗?"

"这部,稍等,"他翻着条绒裤的口袋,从早前掏出手帕的裤兜里又翻出了两张电影票,"就是它,《纽约最后一个政客》,你要看吗?我一点儿都不想再看一次。我已经写了两篇文章了,够了。"

萨拉拿过那两张轻型纸印刷的电影票,许多念头在她脑中浮现,她觉得这票理应是本吉拿给她的,而不是由眼前这个陌生人。如果评论家都能有两张票,那么本吉拿到的只会更多,他难道带着刚刚书店里的那个女人一起去了?评论家看见一丝忧虑的阴影掠过萨拉的脸庞,他借着酒劲扬声讲了几句德语。再度引起萨拉的注意后,他不乏骄傲地说:"人生不就是这样,总有很多事情想不透,但你依旧在矛盾的陈述中找逻辑,等别人给你一个答复,最终的审判,殊不知,那些你所期盼的东西不过是电影一样的假象,都是假的,审判不会到来,没人能给你答复,你抓紧的只是一些自己脑子里头……"他这时用手响亮地连拍两下头,"这里头的……幻象!"

"或者,也许你太太会回来,她会……"但她没把话说完。

两小时后,电影在格林威治村的"翠贝卡放映厅"如期上映。评论家在萨拉的搀扶下颤颤巍巍地坐到了预留席后,认真地扫了一圈他周围的椅子,他们坐的这一排只贴着"留座",而他们前头一排都贴着来宾的名字。他在哈欠连天之前,耗尽所有力气对现世进行了最后一次讽刺,"咱们今天来的唯一原因就是,"他想吐但是又把酒气强行吞咽了回去,

"我们是来检验这地儿能不能让酒鬼进入——当酒鬼就是他们所谓的狗屁嘉宾,他们到底是将他看成是'酒鬼'还是'嘉宾'。"在影片正式开始播放之前,评论家就已经昏睡过去。

萨拉一个人对着屏幕,对这部每天都听本吉提起的电影原本没什么期待。可是等到其中一幕出现,男主角用手指在一道无人踩过的雪上写下女主角"Sarah"(萨拉)的名字,她忽然觉得这就是本吉拍给她的,这么一个举动让她的名字变得很美,两个轻柔的元音"a"被两端的辅音隔了起来,和落满寂静白雪的大地相得益彰。

没有人的冬天,太子街的边边角角,从东向西的这条大道横穿曼哈顿下城,向西可以跨过荷兰隧道直达泽西市,向东过了曼哈顿大桥就是布鲁克林。片中的女主角总是在奔跑,沿着太子街到运河街,一直跑到人看不见的地方。后来,她的男朋友为了跟踪拍摄敌对阵营的党魁,忽视了她的感受。他们就像纽约城里许多个不欢而散的情侣,散了。

男主角在片中被问及女主角的时候，先是叹了口气，讲了一些她的优点和好处，又如释重负地叹口气。他觉得恋爱与政治比起来，根本不值得一提。最后一幕，他望着镜头，毫无意义地笑了笑。这一笑让萨拉心旌摇曳，她转过身去，配着片尾曲中哼着的歌，飞快地瞥了一眼正在沙发座椅上酣睡的评论家。歌词在唱："这里是纽约，我们都爱这自由的地方，大摇大摆走在街道中央，没人会问我的国籍、宗教和血统……"

片子结束前十分钟，她离开了座位。临走前，她去了一趟剧院的卫生间。她洗手时，不小心把皂液弹到面前的梳妆镜上，正准备要擦，扭脸看见从隔间走出来的中年女子。那女人顶着一头漂亮的褐发。就在她们相视的刹那，萨拉立即认出了她，她就是下午与本吉逛书店的女人。她看着她，她也看看她，她们同时掏出粉饼盒补妆。然后，褐发女人拿出粉扑向自己的后脖子拍了几下。萨拉看到她脖颈后面黑白交界处怎么也扑不到的地方，她站到她的身后，帮她扑了几下。

黑白之间的地带，逐渐变成灰色。她向她微笑道别，她却没有理会。她知道自己应该心不在焉地回个微笑，这样才不显得窘迫。出门后，那女人越过了萨拉，逐渐走近评论家，他们俩人又在门口迎上书店里的瓦萨男孩，最终三人结伴离开电影院。

评论家走在妻儿中间，紧紧搂着他们，说着德语。他的妻子，本吉的那个女朋友，左手戴着一个评论家同款的黑色塑胶手环。他们的儿子嘴里嘟囔着什么，极不情愿地从书包里掏出一个东西，在上出租车之前戴到了手上。

她有话要跟本吉说。这个念头在她凌晨回到家的时候，像一滴水掉进潜意识，有什么东西溢了出来。她吻了一下本吉的额头。看他的模样，应该在沙发上睡熟很久。她的嘴唇咀嚼般地上下动了动，好像在演习她要说的话。许多个操着乡音的人在她身后催促着她，替她说着心声，却没有一个来自纽约。她只想说自己想说的话，于是她最后鼓起了勇气说：

"等你有空，一起去旅行吧！"本吉揉揉眼睛，搂住她的腰，稍显得不知所措。接下来的话，她用中文讲。她的声音很小，却如沉雷轰响而过，直到把他完全吵醒，"我大概一辈子没有回去了，你，起来，跟我回中国。"

图书在版编目（CIP）数据

取出疯石/周婉京著.--上海：上海文艺出版社,2022（2023.1重印）
ISBN 978-7-5321-8197-1
Ⅰ.①取… Ⅱ.①周… Ⅲ.①短篇小说—小说集—中国—当代
Ⅳ.①I247.7
中国版本图书馆CIP数据核字(2022)第073736号

发 行 人：毕　胜
责任编辑：解文佳
特约编辑：王丹姝
封面设计：Vindie
版式设计：丁旭东

书　　名	取出疯石
作　　者	周婉京
出　　版	上海世纪出版集团　上海文艺出版社
地　　址	上海市闵行区号景路159弄A座2楼 201101
发　　行	上海文艺出版社发行中心
	上海市闵行区号景路159弄A座2楼206室 201101 www.ewen.co
印　　刷	苏州市越洋印刷有限公司
开　　本	787×1092 1/32
印　　张	10.5
插　　页	2
字　　数	133,000
印　　次	2022年5月第1版 2023年1月第2次印刷
Ｉ Ｓ Ｂ Ｎ	978-7-5321-8197-1/I.6475
定　　价	55.00元
告 读 者	如发现本书有质量问题请与印刷厂质量科联系　T: 0512-68180628